RÊVE DAMOUR

Laurence Tardieu est née en 1972 à Marseille. Elle est l'auteur de *Comme un père* (Arléa, 2002), *Le Jugement de Léa* (Arléa, 2004, prix du roman des libraires Leclerc) et *Puisque rien ne dure* (Stock, 2006, prix Alain-Fournier).

Paru dans Le Livre de Poche :

Puisque rien ne dure

LAURENCE TARDIEU

Rêve d'amour

ROMAN

STOCK

ISBN 978-2-253-12613-3 – 1re publication LGF

« Il faudrait s'aimer, dans un monde idéal,
en dehors du temps, détachés, détachés… »

La Dolce Vita,
(Federico Fellini, Tullio Pinelli,
Ennio Flaiano, Brunello Rondi).

Toute ma vie, je t'ai cherchée. Je ne savais pas comment. Je manquais de toi. Partout : dans mon ventre, ma poitrine, mes cuisses, ma gorge. Ton absence s'était tant imprimée en moi que j'étais devenue creuse. Mon corps, c'était ça : le manque de toi. Parfois je fermais les yeux, je tentais de t'imaginer. Ces instants-là, au cours desquels je m'efforçais de retrouver ton visage, ton allure, étaient stériles : rien ne me venait, aucune image. Sauf, à de rares moments, une silhouette bleue, floue, qui avançait vers moi, puis disparaissait. C'était une des seules choses qui me restaient de toi : ce bleu, mouvant, imprécis et poignant comme certains ciels, avant que la nuit ne les emporte.

Dites-moi comment elle était. Dites-moi la couleur de ses yeux lorsqu'elle vous regardait, lorsque vous la regardiez, lorsque vous la désiriez. Dites-moi la façon qu'elle avait de s'abandonner, de vous dire oui, de vous dire au revoir. Arrivait-elle en avance à vos rendez-vous ? En retard ? Que disait-elle alors ? Était-elle douce ? Comment s'habillait-elle ? Était-elle sensuelle ? Heureuse ? Fragile ? Comment avez-vous compris qu'elle vous aimait ? Quel a été l'instant précis où vous l'avez su ? Quels ont été vos premiers mots d'amour ? De quoi parliez-vous ? D'elle ? De vous ? De moi ? De la vie que vous rêviez d'avoir ensemble ? Comment était son corps ? Émouvant ? Généreux ? Faisiez-vous souvent l'amour ? Sa peau était-elle douce ? Comment était sa voix ? Son amour pour vous la rendait-il joyeuse ou triste ? Quelles étaient ses caresses ? Où aimiez-vous aller ensemble ? Marchiez-vous dans Paris ?

La preniez-vous dans vos bras ? Comment vous embrassait-elle ? Vous écrivait-elle des lettres ? Vous parlait-elle de mon père ? A-t-elle peint pour vous ? Qu'avez-vous conservé d'elle ? Quels étaient ses mots d'amour ? Avez-vous souffert ensemble ? Avez-vous connu la joie ?

Est-ce que je lui ressemble ?

Je ne peux pas dormir. Je ne peux pas dormir, je pense à elle, je pense à lui, mon corps entier est habité par eux, par le rêve que j'ai d'eux, leurs deux corps ensemble, leur rire et leur insouciance, c'est quelque chose qui m'emporte et qui m'étreint, une douleur et un plaisir, ils sont là et ils ne sont pas là, et tant d'absence me dévore, cet homme et ma mère, cet homme que je peux rencontrer si je le veux, il suffit de presque rien, ouvrir un annuaire, chercher l'adresse, m'y rendre, sonner, attendre que l'homme m'ouvre, et ma mère que j'ai perdue avant de l'avoir assez étreinte, mais étreint-on jamais assez une mère, si elle n'était pas morte peu après que se serait-il passé, que seraient-ils devenus, que serais-je devenue, que serait devenu mon père, on ne sait rien de la vérité d'un amour. Oui, je ferme les yeux et c'est un couple qui danse, le couple fantôme d'une femme et d'un homme, je les regarde tournoyer et je reste immobile, ils sont beaux, ils sont heureux, ils dansent très lentement, je crois que ma mère rit, je n'ose pas m'approcher, je n'ose pas leur demander de me regarder, de ne pas m'oublier, de m'inviter à leur danse, j'imagine leurs cœurs emplis d'amour, leur bonheur, comment pourraient-ils penser aux autres, à moi, ils s'aiment, voilà tout, ils s'aiment et le reste n'a aucune importance, le reste n'existe plus, je les regarde s'aimer, je pense qu'ils ont une chance rare, je pense que ma mère a eu raison, je pleure en silence, je suis triste et heureuse, je me demande ce que je suis, moi, à pleurer sur des fantômes, où est ma vie, où passe ma vie, trente ans déjà, trente ans à courir après des fantômes, trente ans à chercher celle dont je ne me remets pas de la disparition, trente ans à ne pas trouver les mots devant celui qui est resté. Il faudra bien, un jour, que je commence quelque chose, que je cesse de me laisser traverser par des absences, que je vive ma vie, comme me le répète Hannah, mais commencer quoi, vivre quoi ? Je ne sais plus où sont mes désirs, mes désirs sont assiégés par mes absences, j'aimerais, moi aussi, avoir le cœur brûlé d'amour, j'aimerais m'abandonner, j'aimerais me perdre.

Je regarde ma montre : il est cinq heures et demie du matin. Je n'ai pas dormi. Par la fenêtre entrouverte, je vois le jour se lever. Pourquoi parle-t-on de « nuit blanche » ? Ma nuit n'a pas été blanche, elle a été pleine d'images et de couleurs, d'ombres et de lumières. J'aurais aimé, pourtant, qu'il y ait des blancs, des silences, des vides, afin que je puisse m'échapper, fuir dans le sommeil, mais cela n'a pas été possible, on ne choisit pas toujours les issues qui mènent au vide, ma nuit n'avait pas d'issue, ma nuit était peuplée, ma nuit était un éblouissement.

Je me redresse : j'ai chaud. Ma peau moite. Mon corps qui a soif. C'est l'été. Ce sont les rêves. Tout à l'heure, je passerai à l'agence remettre mes traductions. Je n'y suis pas retournée depuis la mort de mon père. Personne là-bas n'est au courant : je n'ai pas appelé. À quoi bon ? Que dire à quelqu'un qu'on connaît mal et qui vous annonce la mort de son père ? Il n'y a rien à dire face à la mort. Les mots, tous les mots, sont impuissants : aucune parole, aussi douce soit-elle, ne peut grand-chose face à l'absence soudaine. On peut seulement prendre dans les bras, serrer de toutes ses forces, en silence. Les grandes douleurs ne se partagent pas : elles s'accompagnent. La seule personne que j'ai prévenue, c'est Hannah, elle n'était pas là et j'ai laissé un message chez elle, et lorsque j'ai prononcé la phrase : « Mon père est mort », il m'a semblé être dans un mauvais film, comme s'il ne s'agissait pas de moi, ou comme s'il ne s'agissait pas de mon père, je ne sais pas, quelque chose comme ça, il s'agissait d'un père et d'une fille, mais je n'étais pas la fille et lui n'était pas le père, je parlais d'autres êtres, d'autres vies, d'autres morts, je me suis sentie impudique soudain, je me suis interrompue et j'ai raccroché. Depuis, Hannah m'a rappelée : Hannah se soucie de moi. Elle a deux enfants et se soucie de moi comme si j'étais son troisième petit. Hannah a les pensées claires et simples, Hannah sait trouver les mots pour que l'horizon ne se referme pas, Hannah ne m'abandonne pas, Hannah est la sœur que je n'ai pas eue et qui m'a choisie.

Le ciel, lentement, vire au rose et au jaune : il s'ouvre. Je me lève. M'étire. Je choisis ma robe préférée, une robe de coton bleu. Comme chaque fois que je la mets, je pense à ma mère : dans les rares images qui me restent d'elle, je la vois en bleu. Ce n'est ni une robe, ni un pull, ni un pantalon : seulement une grande tache bleue sur le corps de ma mère. Un mouvement bleu qui avance vers moi – mais quand était-ce ?

quand ? Quel instant ? Un après-midi ? Un soir ? Un matin ? Après quelles paroles échangées ? Avais-je fait un caprice ? Étais-je fatiguée ? Malade ? Que s'est-il passé, ensuite ? M'a-t-elle consolée ? embrassée ? serrée dans ses bras ? Me suis-je endormie avec ce bleu au creux de moi ? Pourquoi cette image a-t-elle survécu, pourquoi celle-ci et pas les autres ? Pourquoi n'en sais-je pas plus ?

J'aimerais tant retrouver quelque chose. Je ne peux pas croire qu'il ne reste aucune trace des premières années, lorsque ma mère était encore vivante ; lorsque je pouvais, à tout moment, la regarder, sentir son odeur, caresser sa peau, toucher sa main. Ces années où je ne connaissais pas encore le manque. La chaleur, la quiétude, la douceur… Où tout cela s'en est-il allé ? Dans quelle partie obscure de moi ? Pourquoi ma mémoire n'a-t-elle rien conservé ? Pourquoi a-t-elle tout effacé, même les traits de son visage ? Comment peut-on oublier le visage de sa mère ?

J'ai tant oublié qu'il m'arrive parfois de me demander, dans des instants aussi effrayants qu'irréels, si ma mère a vraiment existé, ou si elle n'est qu'un rêve, mon plus beau rêve : mon rêve bleu. Je laisse la pensée tournoyer au-dessus de moi quelques minutes puis je la chasse, de toutes mes forces.

Je me trompe, peut-être… Je ne sais pas. Personne ne sait. Personne ne peut prendre ma place. Mais il me semble que si je pouvais retrouver quelque chose de nous, quelque image de moments heureux qu'elle et moi aurions partagés, j'aurais moins peur, des autres et de moi. J'aurais moins peur de vivre. Je tiendrais debout, sans vaciller.

Un soir, j'avais essayé d'expliquer ça à Hannah. Je ne savais pas comment le lui dire, mais Hannah comprend tout, même ce que je ne sais pas exprimer. Elle comprend les mots qui se perdent dans mes silences. Elle m'avait répondu qu'on ne sait jamais d'où on vient. On peut avoir des parents, les connaître depuis toujours, avoir vécu avec eux durant tout le temps de l'enfance, et cependant buter contre ça, ce mystère, cette question insoluble.

Je n'avais rien répondu. Elle avait raison, bien sûr, elle avait raison. Mais elle se trompait : elle ne savait pas ce que c'était qu'avoir perdu la sensation du premier corps. Elle ne le savait pas. On peut être perdu, mais garder la possibilité d'un refuge. Ne plus pouvoir se réfugier, c'est se perdre indéfiniment. C'est être dans l'errance.

Je lui avais souri.

Mon père est mort mardi. Six jours se sont écoulés depuis. Il y a un peu plus d'un an, en juin dernier, lui et moi étions allés à Marseille. Depuis que je n'habitais plus avec lui, c'était la première fois que nous passions quelques jours ensemble. Il m'avait appelée un soir, tard : « Alice, je dois partir trois jours à Marseille. Veux-tu m'accompagner ? » Jamais mon père ne m'avait rien proposé de tel : nous qui n'avions jamais su nous parler, qui avions partagé tant de silences, d'immenses silences qui recouvraient l'absence de ma mère, dans lesquels nous nous laissions lentement enliser, et qui pourtant nous aimions tant, peut-être parce que nous étions ensemble si perdus et que nous étions les seuls à le savoir, nous n'osions rien demander à l'autre, comme si nous avions peur, tous les deux, de peser un peu plus sur cet autre que nous savions déjà si fragile.

J'étais restée sans voix : la proposition de mon père était si inattendue. Elle me faisait plaisir, et elle me faisait peur. Mon père, craignant peut-être une réponse négative, avait, dans un effort, articulé, sur un ton qui se voulait joyeux et que j'avais trouvé lugubre : « Je te rappelle que je suis un vieux monsieur, maintenant, et que c'est peut-être la dernière fois que nous avons l'occasion de partir tous les deux ! » J'avais fait semblant de trouver ça drôle – nous connaissions bien ce jeu, lui et moi : faire semblant, surtout, faire semblant, ne jamais cesser, de peur de nous faire rattraper par l'absente – et répondu, très vite, enchaînant les mots avec précipitation, sans bien savoir ce que je disais : « Pourquoi pas Marseille, oui, formidable, c'est une bonne idée, on ira se baigner, juin c'est le meilleur mois, il fait déjà beau et la mer est bonne, il n'y aura pas encore trop de touristes. Quand veux-tu partir ? »

Ces trois jours ensemble ont été lents, étranges et incertains, comme si quelque chose était demeuré en suspens. Mon père avait emporté un disque de Schubert, à peine montions-nous dans la voiture qu'il le mettait, nous écoutions la musique, nous ne parlions pas, c'était beau et triste, j'avais les larmes aux yeux, je détournais la tête, je faisais mine de contempler le paysage, mon père ne s'apercevait de rien, j'aurais préféré qu'une fois, une seule fois, mon père oublie le disque, j'aurais préféré partager un silence avec lui, même si j'aimais Schubert, mais les silences nous avaient toujours rapprochés, alors que la musique nous éloignait, je ne comprenais pas pourquoi mon père mettait ce disque, comme si entre nous, cette fois, ce n'était pas la douleur, mais la peur.

Je ne comprenais pas non plus pourquoi mon père avait eu envie de m'emmener avec lui, puisqu'il ne se passait rien; puisqu'il ne me disait rien. Loin de Paris, nous étions tous les deux encore plus perdus, encore plus maladroits.

Aujourd'hui, je le sais: mon père, vraisemblablement, s'était promis, au cours de ces trois jours, de me parler de l'homme que ma mère avait aimé; mais il n'a, sans doute, à aucun moment, trouvé la force, ou le courage, de m'en parler. Schubert, c'était ça: sa terreur de me confier le secret qu'il portait en lui depuis des années.

Alors, nous nous étions baignés, tous les jours, dans cette mer bleue et radieuse qui nous apaisait puisque là, au moins, il n'y avait ni trouble ni musique, seulement le clapotement des vagues, les cris des enfants et nos corps que nous étions heureux de fatiguer par de longues nages vers le large. Lorsque les bruits du rivage ne me parvenaient plus, je cessais de nager, je me retournais sur le dos, je faisais la planche. Les yeux fermés, je ressentais la chaleur du soleil sur mon visage, la fraîcheur de l'eau sur mon corps. Mon père s'éloignait, je me laissais dériver. Je n'entendais plus rien. Je devenais un corps libre et léger, un corps heureux. J'ouvrais les yeux, juste un instant, et j'apercevais le ciel au-dessus de moi, vaste et bleu, éblouissant. Je refermais alors les paupières, j'étendais les bras : je me sentais bien.

Puis, lentement, je nageais vers la plage. Je distinguais la silhouette de mon père debout sur le rivage. Je sortais de l'eau. Il me souriait parfois. Nous nous étendions sur le sable. Le soleil était haut dans le ciel. Mon père fermait les yeux. Je le regardais. Il avait vieilli : ses cheveux étaient blancs ; son corps, amaigri. Je me demandais à quoi il pensait. Je me demandais s'il était heureux, enfin. Je ne me souvenais pas avoir vu mon père heureux. J'aurais aimé qu'il le fût.

Le soir, nous dînions au restaurant. Nous nous régalions de poissons grillés. Mon père commandait d'excellents vins. Nous buvions. Nous ne disions rien. Mon père mangeait lentement. Je mangeais vite. Je n'avais pas faim, mais j'engloutissais. J'observais mes voisins de table. J'attendais quelque chose. Je ne savais pas quoi. Je parlais à mon père de mon projet de livre pour enfants. Il murmurait, sans me sourire, de sa voix légèrement cassée : « Mais tu n'as pas d'enfants, comment peux-tu écrire un livre pour enfants ? » Ce n'était pas méchant. Je le regardais, je ne répondais rien, je haussais les épaules. La soirée se finissait. Nous ne nous attardions pas. Nous nous levions, la ville sentait bon la mer, il y avait en elle quelque chose d'agité et de vivant qui m'étourdissait, à moins que ce ne fût le vin. Nous rentrions à pied vers l'hôtel. Mon père paraissait fatigué. J'avais envie de lui prendre le bras mais je ne le faisais pas : il paraissait si loin de moi. Nous avancions tous les deux, comme deux êtres lancés pour toujours sur deux routes parallèles. L'hôtel était désert. Nous nous souhaitions bonne nuit sur le pas de nos chambres. Nous ne nous embrassions pas. Les portes se refermaient.

Pourquoi aujourd'hui ces images se mêlent-elles aux dernières images, mon père reposant sur un lit, le corps dissimulé sous les draps blancs, muet, à l'agonie ? Il ne se plaint pas, il fixe le mur beige devant lui, je suis à ses côtés, il ne me regarde pas, ses yeux sur moi glissent, ne s'attardent pas, cacher la souffrance, cacher la peur, ne pas s'abandonner, voilà à quoi il doit penser, de toutes ses forces, rester digne, souffrir en silence, mourir sans un mot, voilà à quoi il consacre ses dernières forces. J'humecte ses lèvres, j'effleure son visage, j'aimerais que mon geste soit une caresse mais je n'ose pas, mon père est immobile, mon père est silencieux, je voudrais trouver des choses à lui dire, des paroles réconfortantes, je voudrais lui prendre la main, la serrer, la couvrir de baisers, je n'ose pas, j'arrange les oreillers derrière son cou, je l'aide à se redresser, je lui apporte un verre d'eau, je tire les rideaux afin que le soleil ne l'éblouisse pas, il fait si beau, mon père meurt et l'été flamboie, mon père bientôt ne sera plus là et je me demande soudain ce que je sais de lui, quelles certitudes, nous nous sommes tant aimés et jamais rien dit, la douleur passait tant entre nous, la douleur de l'absente, la douleur de la femme perdue, la douleur de la mère disparue.

Mon père, sa peau grise et ridée, son corps épuisé, son regard gris. L'expression égarée de son regard lorsqu'il m'a demandé d'approcher. Ses yeux sur moi, qui me fixent et me fuient, qui me veulent et passent sur moi. Sa voix, sourde, presque inaudible. À qui parle-t-il ? à moi ? à lui ? à celui qu'il est en train d'abandonner ? Il prononce les premiers mots puis s'interrompt, ferme les yeux. Le silence valse dans la chambre, valse dans ma tête. Je reste immobile. Je tombe, je tombe, l'espace autour s'empare de moi, me saisit, m'aspire, me ploie à terre. Je tombe, et tout ce vide, comme dans ces rêves où je cours, et partout le brouillard, je suis prise au piège, mais de quel piège s'agit-il, nulle part où aller, nulle part où m'enfuir, aucune issue, je cours et je suis perdue.

Mon père ferme les yeux. Je pense : mon Dieu, s'il meurt maintenant je ne saurai rien, il emportera son secret avec lui, je ne saurai rien. Je pose une main sur son front. Sa peau est sèche et froide. « Papa, je murmure, papa, ne t'endors pas. » J'ai honte. Je le fixe, j'attends. Il ne bouge pas. J'ai soudain envie de hurler, comme on hurle à la mort, ou à la douleur, tant d'immobilité devant moi, tant d'immobilité et de silence, comme dans l'enfance lorsque lui et moi prenions nos repas ensemble, dans ce silence lourd et figé qui m'épuisait et me terrifiait, je cherchais des choses à dire, des choses qui auraient enfin permis au visage de mon père de s'éclairer, et de me regarder, moi, Alice, la petite, de me regarder et de m'écouter, oh, comme j'aurais aimé lire dans son regard que je lui apportais du bonheur.

Mais jamais je ne trouvais les bonnes paroles, et jamais le regard de mon père ne s'éclairait.

À quoi pense-t-on lorsqu'on s'en va ? Aux autres ou à soi ? Aux vies qui se poursuivront ou à celle qui s'achève ? Sait-on encore qu'on a été un homme, un père, ou bien ne subsiste-t-il que l'animal traqué par la mort, l'animal qui a tout oublié des autres, de la joie et de la douleur ? Que reste-t-il d'un homme dans les derniers instants ? J'observais mon père, de toutes mes forces. Cet homme, que j'aimais et que je connaissais si mal, savait-il comme j'attendais ses paroles ? J'attendais, mes yeux me brûlaient et je ne pouvais pas pleurer, je ne pouvais qu'attendre devant ce corps souffrant dont je ne savais plus si j'espérais la mort ou la vie, ce corps que j'aurais voulu étreindre et que je n'osais apaiser d'une dernière caresse.

Il a ouvert les yeux et m'a regardée sans ciller. J'ai eu l'impression qu'il désirait quelque chose : un geste, une phrase ? Peut-être à cet instant aurais-je dû lui dire que je l'aimais, même si ce qui nous liait était obscur et douloureux, même si nous n'avions jamais réussi à nous parler simplement, je l'aimais, il le savait, bien sûr, il le savait, mais n'aurait-il pas fallu le lui dire ? Il avait été mon père, il avait été là. Sans lui, je n'aurais probablement pas su tenir debout.

Je n'ai pas pu : face à cet homme avec lequel j'avais partagé un tel désarroi et si peu de paroles, ces mots-là auraient été trop grands.

Sa voix a soudain résonné, caverneuse :

– Elle l'a aimé, Alice, ta mère a aimé cet homme.

Ses yeux se sont refermés. Je ne pouvais détacher mon regard de son visage. Je ne me rappelais pas avoir déjà entendu le mot « aimer » dans la bouche de mon père. Je tremblais comme une feuille. Mais qui aurait pu s'en apercevoir ? Mon père était déjà loin. Il basculait vers la mort et, sans doute, en se perdant, prononçait-il ces paroles dans un ultime abandon. Quelque chose est passé sous ses paupières : un tressaillement. Je me suis entendue demander, sans que je sache si c'était bien moi qui parlais, tant ma voix était sourde et dure, étrangère :

– Qui était-ce, papa, qui ?

– Un peintre. Emmanuel Basini.

J'ai surpris dans son regard une expression de souffrance que je ne lui connaissais pas. Il a détourné les yeux en murmurant :

– Laisse-moi, maintenant. Laisse-moi, Alice. J'ai envie d'être seul.

Il est mort deux jours plus tard, sans avoir

prononcé d'autres paroles. J'allais et venais dans la chambre, sur la pointe des pieds. Il respirait de plus en plus mal. Il ne se plaignait pas. Il a gardé les yeux fermés presque jusqu'au bout. Ce n'est qu'à la fin, dans les derniers instants, lorsque son corps luttait contre l'asphyxie qui l'emportait, que j'ai entrevu son regard, aigu et brûlant comme celui d'un aigle : il savait qu'il mourait. Il n'a rien demandé, n'a rien chuchoté. Il est parti sans un mot, sans un geste. Nous n'avons pas su nous dire au revoir.

Je ne sais pas pourquoi, le livre pour enfants. D'où est venu le désir. Je ne me rappelle pas non plus quand. Quel jour je l'ai identifié. Mais y a-t-il eu un jour précis ? Peut-être l'ai-je toujours su, peut-être le désir a-t-il toujours été là, au creux de moi. Aujourd'hui, enfin, j'ai envie d'y répondre. Lui permettre d'exister. Le désir d'un livre ressemble au désir d'un homme, les mêmes vagues au fond de soi, le même mouvement qui n'en finit pas, allant et venant sans cesse, ample, secret, obsédant, épuisant, magnifique.

Ce livre, ce serait quelque chose à accomplir. Quelle importance, que j'aie des enfants ou non : écrire, ce n'est pas raconter quelque chose qu'on connaît ; écrire, c'est aller à la recherche de ce qu'on ne sait pas. Ne pas être certain d'arriver quelque part, mais avancer, la peur au ventre, le désir au ventre, avancer et s'émerveiller du chemin. Je n'ai pas d'enfants, mais une part de moi est restée dans l'enfance. Oubliée, égarée. Cette part-là n'en finit pas de tourner en moi, comme si elle était prise au piège de quelque chose. Cette part-là n'en finit pas de buter, de se cogner. Elle cherche une issue. Une issue pour aller où ?

J'ai vu autour de moi les autres grandir. Certains commencent à vieillir. Mon père est mort. Sa vie est passée. Qu'en restera-t-il ? Que restera-t-il de la mienne ?

J'écris. Je pense à ma mère. Je vois des images. Je ferme les yeux. Je ne sais pas si ces images ont existé ou si ce sont des rêves. Ma mère se promène avec moi dans un parc. C'est l'été. Il fait chaud. Je tiens ma main serrée dans la sienne. Ma mère est grande. Immense. Le vent dans les arbres. Nous ne parlons pas. Nous nous asseyons sur une pelouse. L'herbe est verte. Ça sent bon. Je m'allonge. Je regarde les nuages danser dans le ciel. Ma mère fouille dans son sac, elle en sort un livre. Elle lit. Je l'observe. Elle est attentive. Elle est belle. Elle est ailleurs. Je pense que, plus tard, moi aussi je lirai des livres. Je m'évaderai.

Une autre fois. Nous marchons dans la rue. Il y a beaucoup de monde. Nous sommes en vacances. C'est la fin de l'après-midi. J'ai chaud. Je suis fatiguée. La journée est longue. Ma mère s'immobilise. Nous faisons la queue derrière des gens. Ils forment un petit attroupement, ils gesticulent. Je ne vois rien. Je regarde mes pieds. Soudain ma mère se tourne vers moi et me tend une glace. Je n'en crois pas mes yeux. J'embrasse ma mère : je suis la reine du monde.

Une autre fois encore. Je suis dans mon lit. Mes parents reçoivent des amis. Je viens de me coucher. Maman a oublié de venir m'embrasser. Je n'ose pas me relever : les amis sont nombreux, ils sont bien habillés, ils rient fort. Le sommeil ne vient pas. Je suis triste. Je finis par sortir de mon lit. Sur la pointe des pieds, j'avance jusqu'à la porte de la salle à manger. Elle n'est pas tout à fait fermée. Personne ne me voit. Je regarde. J'ai le cœur qui bat. Quelqu'un dit quelque chose et j'entends soudain ma mère rire. Je ne la vois pas mais je sais qu'elle est belle. Je suis éblouie. Je retourne me coucher.

Blandine, Blandine, Blandine, combien de fois, enfermée dans ma chambre, ai-je répété ton nom, l'ai-je chuchoté, ce prénom doux, aimé, effrayant, cet écho du vide et cet écho du plein, combien de fois, à en avoir la tête qui tourne, les yeux qui brûlent, le corps qui tremble, d'abord je le prononçais lentement, puis un peu plus vite, plus vite, de plus en plus vite, comme ces jeux de fête foraine qui donnent soudain l'impression de s'être emballés, d'être devenus incontrôlables, combien de fois, dans l'espoir fou et violent que de cette litanie surgisse une part de toi, de ton mystère, de ta vérité ? Vaine illusion, bien sûr, tu as emporté ton secret avec toi, chacun emporte son secret, on est tous inachevés, la mort c'est l'abandon, en mourant tu t'es recroquevillée dans l'ombre, tu as rejoint les autres, le cortège des autres ombres qui planent autour de nous, et je ne sais rien de toi. Qui es-tu, Blandine, qui as-tu été ? Quelle femme ? Quels rêves ? Quels tourments ? Pourquoi mon père ? Pourquoi cet homme ? Lequel as-tu aimé ? As-tu aimé les deux ? As-tu choisi de n'en aimer qu'un ? Pourquoi m'as-tu voulue ? M'as-tu seulement voulue ? Qu'étais-je pour toi ? Comment pensais-tu à moi ? Comment me regardais-tu ?

As-tu pensé, dans les derniers instants, comme toute ma vie je te chercherais ? Comme je n'en finirais pas de te chercher ? As-tu songé que ce vide définirait ma vie ? En as-tu souffert ? M'en as-tu davantage aimée ?

M'as-tu aimée ?

Je pleure. Voilà. Je pleure. Une fois de plus. Ma robe bleue, les souvenirs épars, le soleil qui entre dans ma chambre, j'ai laissé la fenêtre ouverte, il va faire beau aujourd'hui, c'est l'été, une splendeur, il va faire beau, je vais me lever.

Je me lève. Voilà, je me lève. Ce n'est pas difficile, après tout. Même en robe bleue, ce n'est pas difficile. Il suffit de bouger le corps, le réveiller, le contraindre, être plus forte que lui. Plus forte que l'envie de rester allongée, toute la journée, tout le soir, toute la nuit, toutes les autres nuits, toujours, l'éternité, le grand sommeil, plus jamais, s'abandonner, se laisser glisser dans l'ombre, dans son ombre à elle.

Je me lève.

Je prends l'annuaire. Il m'a fallu six jours pour trouver le courage de prendre l'annuaire. Je l'ouvre. Mes mains tremblent. Je tourne les pages. Tant de noms, tant de noms… Que sont toutes ces vies ? À qui appartiennent-elles ? Où passent-elles ? Où courent-elles ? Cherchent-elles, elles aussi, quelque chose ? Quelqu'un ?

Lettre B. Je pose un doigt sur la page. Le doigt descend. Le doigt remonte. Le doigt glisse. Je tourne la page. À nouveau le doigt descend. La tête me tourne. Léger vertige. Soudain mon doigt s'immobilise : **Emmanuel Basini** artiste peintre 10 rue Saint-Sabin 75011 Paris.

Les autres vies ont disparu. Il n'y a plus qu'un nom, en caractères gras, dont mes yeux ne peuvent se détacher.

Je recopie l'adresse. Je m'applique. Je suis à l'école. Je ne comprends pas bien, mais je recopie. Je fais comme on me demande. Je suis une élève obéissante. Je réfléchirai plus tard. J'éprouverai plus tard. Je vivrai plus tard.

Pour l'heure, je recopie, lettre après lettre.

Je repose le crayon. J'essaie de prononcer le nom : Emmanuel Basini. Je ne peux pas. Emmanuel, oui. Emmanuel, je peux. C'est un prénom doux. C'est un prénom auquel je pourrais presque m'habituer. Le nom, je ne peux pas. Le nom s'étouffe dans ma gorge.

Je relis. Tout est bien. Tout est clair.

Avant de me relever, j'hésite une fraction de seconde puis je ferme les yeux. Je prononce, très vite, dans un souffle : « Blandine et Emmanuel. »

Blandine et Emmanuel. Voilà. C'est dit. C'est murmuré. Je l'ai murmuré. C'était si simple, en définitive.

Gérard Oury est mort hier dans sa maison de Saint-Tropez. Je bois un café. J'écoute la radio. Le journaliste cite ses films, *Le Corniaud*, *La Grande Vadrouille*, *La Folie des grandeurs*, *Les Aventures de Rabbi Jacob*, *L'As des as*... Et soudain, dans le flot des films cités, que j'entends sans écouter, qui m'évoque quelques images, fugitives, éphémères, un mot, *amour*, un nom, *Michèle Morgan*, un autre mot, *amants*. On cite l'œuvre, on finit sur l'amour. Il y a l'œuvre, et il y a l'amour fou, triomphant, victorieux. De toutes les paroles du journaliste, ce sont celles-là que je retiens.

Que restera-t-il de cet amour dans dix ans ? Que restera-t-il de l'œuvre ? Qui triomphera ? Entre les amours humaines, fragiles, vulnérables, effrayantes, inintelligibles pour les autres, vouées à la perte, et l'œuvre qui, elle, peut perdurer, continuer à résonner, à se faire entendre, à être découverte, qui triomphe ? Ce qui a vibré puis a été englouti dans la mort, ou ce qui s'est construit et demeure, encore, quelques années ?

Que reste-t-il d'un amour fou ?

Je ferme la porte de l'appartement. En descendant les escaliers, je réécoute le message que m'a laissé Hannah hier soir :

Alice, je viens d'écouter ton message. Lorsque tu as appelé tout à l'heure, j'étais occupée avec les enfants. Je n'ai pas pu te rappeler tout de suite. J'ai pleuré. Je ne devrais pas te dire ça, c'est idiot… Je pensais à ton père. À tout ce que tu m'en avais dit. Appelle-moi. J'espère que ça va, à peu près. Que tu dors un peu. Tu as raccroché vite, je n'entends pas la fin du message. Appelle-moi. Je peux me libérer. Je viens quand tu veux. Je pense à toi et te serre fort dans mes bras. Courage.

Je ne me souviens pas comment Hannah est arrivée dans ma vie. Une image, la première peut-être : Hannah à un dîner, chez des amis communs. Amis… Le terme n'est pas juste. « Connaissances » serait plus exact. Je devais avoir vingt-cinq ans. J'avais fini mes études d'interprétariat. Je cherchais du travail. Je traversais ma vie comme une ombre : il ne s'y passait rien. J'avais peur de tout : des autres, de moi, de mon père. Je sortais rarement, j'avais peu d'amis. La seule chose qui m'apaisait, qui me consolait, éclairait ma vie, c'était la musique : je passais des heures à en écouter, allongée sur mon lit. Classique, jazz, chansons françaises… Le matin, en journée, le soir… La musique était mon refuge. Certaines musiques, certains textes me faisaient pleurer. Je me disais qu'ils avaient réussi à saisir un je-ne-sais-quoi de fragile et de fulgurant qui avait quelque chose à voir avec la beauté de la vie. Je ne faisais rien pour retenir mes larmes. Tout le reste était clos, hermétiquement clos : aucun accès à la vie ; aucun accès au mouvement. Chaque jour ressemblait au précédent. Ma vie me paraissait étroite, fermée. Sentiment de finitude. Une fois par semaine, j'appelais mon père : le dimanche soir, lorsque le week-end touchait à sa fin. Je ne l'appelais pas plus tôt, de crainte qu'il ne me demande de passer. Ces appels étaient difficiles : je cherchais, plusieurs heures avant, presque paniquée, ce que j'allais lui dire. Je notais des idées, des faits, des sujets. Il fallait trouver quelque chose : au téléphone, les silences ont quelque chose de gênant. Les nôtres étaient insoutenables.

Dans cette succession ininterrompue de vides, j'avais rencontré Hannah : elle était apparue, inattendue, dans ma vie. Elle l'avait réveillée. Elle venait de se marier et n'avait pas encore d'enfants. Elle et son mari étaient heureux. Comme nous passions à table, on me plaça à côté d'elle. Tout de suite, je m'étais sentie bien auprès de cette fille douce et pleine de gaieté. Elle s'était tournée vers moi, m'avait posé des questions, m'avait écoutée avec attention. J'avais eu l'impression que personne, jusqu'à présent, ne m'avait aussi bien écoutée. J'en avais été émue. Je n'avais pas osé le lui dire, mais sans doute l'avait-elle senti. C'est elle qui m'avait rappelée, quelques jours plus tard : elle avait entendu parler d'un poste de traductrice qui, pensait-elle, pouvait m'intéresser. Je n'avais pas eu le poste, mais nous ne nous étions plus quittées. Désormais, ma vie s'éclairait de musique et de la présence d'Hannah.

Je me dirige vers l'agence. Je marche lentement, mes traductions sous le bras. Je suis traductrice d'allemand et d'italien, deux langues opposées que j'aime tout autant. La première m'attire par sa rigueur, sa cohérence ; la seconde par sa musique, sa liberté. J'éprouve du plaisir à travailler en langues étrangères : lorsque j'étudie un texte allemand ou italien, lorsque je pense en allemand ou en italien, j'ai la sensation de m'évader, d'entrer dans des contrées joyeuses et accueillantes, des contrées dans lesquelles je ne m'embarrasse pas de moi, de mes peurs, de mes manques. Des contrées où je redeviens légère. Je m'oublie.

Mon père parlait six langues : le français, bien sûr ; l'anglais, l'allemand, l'italien, l'espagnol et le russe. Enfant, je l'avais souvent entendu, au téléphone ou devant un interlocuteur étranger, parler l'une ou l'autre de ces langues. J'écoutais avec ravissement les mots, les phrases dont je ne comprenais pas le sens mais dont je ressentais les sonorités, les musiques. Lorsque je l'entendais parler dans une langue étrangère, j'avais la sensation que mon père, lui aussi, devenait plus léger : il perdait son masque de tristesse. L'émerveillement provenait non seulement de mon étonnement devant les mots inconnus, mystérieux, mais plus encore de la liberté que je surprenais soudain sur le visage de mon père : sans que je comprenne pourquoi, les yeux s'éclairaient, la bouche esquissait un sourire, les traits du visage se détendaient. J'étais fascinée. Sans doute est-ce pour cette raison que j'ai eu envie, moi aussi, d'apprendre d'autres langues : je désirais retrouver cette liberté. Rejoindre mon père. Nous n'avons jamais parlé italien ou allemand entre nous. Peut-être aurions-nous dû essayer : peut-être, dans d'autres langues, aurions-nous davantage trouvé les mots. Peut-être, en allemand ou en italien, aurions-nous su rire ensemble.

L'agence est située au fond d'une impasse. On y accède par une petite cour pavée et fleurie. J'y passe régulièrement, ne m'attarde jamais. Depuis quatre ans, je croise les mêmes visages qui me sourient avec gentillesse, apprécient mon travail, me le font savoir. C'est bien ainsi.

Je sonne. C'est Marianne qui m'accueille. Elle est, comme d'habitude, cernée. Depuis que je la connais, Marianne semble épuisée : elle a toujours un sourire las et triste sur le visage. Ses yeux sont éteints. Je ne sais rien d'elle : nous n'avons jamais parlé de nous. Nous nous croisons, nous échangeons des textes, des politesses. Je lui tends les traductions. Elle s'excuse de ne pas avoir beaucoup de temps, elle a promis de rappeler quelqu'un, elle a beaucoup de travail en ce moment, elle est débordée, elle est désolée, vraiment, la prochaine fois ce sera plus calme, au fait, est-ce que tout va bien ?

Je secoue la tête doucement, je lui fais signe que oui. Tout va bien. Mon père est mort, tout va bien. Je suis habillée en bleu, tout va bien. Je vais rencontrer l'homme que ma mère a aimé, tout va bien. Tout va bien.

Je baisse les yeux. J'ai peur de pleurer soudain. Ce n'est pas la tristesse. Ce n'est pas la peur : c'est quelque chose que je ne saurais nommer, quelque chose d'incertain, qui m'enveloppe, qui ressemble au brouillard de certains rêves, dans lesquels je n'en finis pas de me perdre.

Je fais mine de rajuster la bretelle de ma robe.

– Au revoir, Marianne. À bientôt.

Je n'entends pas sa réponse : je suis déjà loin, et sans doute a-t-elle déjà refermé la porte. J'ai envie de courir. Je ne cours pas. Je marche vite sur les pavés de la petite cour fleurie. Je serre les poings. Je ne pleurerai pas.

Écrire, est-ce aimer ? Écrire, est-ce chercher à être aimé ? Y a-t-il une écriture possible sans amour ? Y a-t-il un amour possible sans mots, sans verbe, sans langage ?

Dire, l'amour. Écrire, l'amour. L'écriture provient d'un désir, qui vient de très loin et s'éprouve au présent. Le désir crée l'écriture. Amour, écriture : le même abandon. Un mouvement de va-et-vient, un roulis, qui ne finit jamais et donne corps aux rêves, les entraînant toujours plus loin. Qu'y a-t-il tout là-bas, là où l'amour se détache du temps, du réel, du cadre ? Là où l'écriture devient vivante ? Trouverai-je quelque chose ?

Je cherche ma mère, je me perds. Je me perds dans ce désir. J'aime ma mère, follement. J'écris sur ma mère. J'écris en français sur ma mère que je cherche et que je ne connais pas. Je ne sais rien de ce que j'écris.

Est-ce que je retrouverai ma mère ? Est-ce que j'en ferai un livre pour enfants ?

Je crois que j'ai passé mon enfance à attendre ma mère. Je l'attendais, des heures durant, assise dans ma chambre, immobile, obstinée, je l'attendais, je ne pleurais pas, pour ne pas compter les jours je comptais les moutons, elle allait revenir, c'était évident, comment une mère peut-elle abandonner son enfant, comment ma mère aurait-elle pu m'abandonner, je l'attendais, sans rien dire à personne de la brûlure de cette attente, je l'attendais, ma mère, son rire, l'odeur de sa peau, ses robes en coton, elle allait revenir, ce soir, ou demain, ou la semaine prochaine, je la verrais apparaître sur le seuil de la porte et sourire et me faire tournoyer comme s'il ne s'était rien passé, et dans ses bras je redeviendrais légère, ces longues journées sans elle n'auraient été qu'une mauvaise farce, je l'attendais, elle ne m'avait pas dit adieu or on dit adieu lorsqu'on ne revient pas, je pouvais attendre ma mère sans crainte, elle allait revenir.

Les journées n'en finissaient pas. Je tressaillais au moindre bruit, je scrutais le visage de mon père, j'écoutais, en cachette, les conversations téléphoniques. Je fouillais sa chambre, à la recherche du moindre indice, j'ouvrais les placards, les tiroirs de la commode, ceux dans lesquels je me souvenais avoir vu ma mère ranger ses vêtements, ses foulards. Plusieurs fois par jour, je retournais mon oreiller : peut-être, pendant mon absence, ma mère s'était-elle glissée dans l'appartement pour y cacher un mot, un dessin ? Peut-être était-elle, pour quelque obscure raison, dans l'impossibilité, en ce moment, de communiquer avec nous ? Dans la salle de bains, je cherchais les rouges à lèvres, la brosse à cheveux, le flacon de parfum : rien. Je ne retrouvais rien d'elle. Tout avait disparu. À croire qu'elle n'avait jamais existé. C'était ça le plus terrible : je ne pouvais me raccrocher à rien. La vie, lentement, devenait irréelle. Et moi, Alice, la petite fille, je glissais, je glissais dans cette irréalité.

Je retournais dans ma chambre, je fermais la porte, je m'asseyais par terre. J'essayais de comprendre : où donc était ma mère ? Peut-être avais-je oublié une parole importante, un secret qu'elle m'avait confié ? Peut-être n'avais-je pas su l'écouter, il me semblait me souvenir qu'elle me l'avait parfois reproché, Alice, écoute-moi, voyons, écoute ce que je te dis. Oui, peut-être avais-je été assez étourdie pour ne pas retenir ce qu'elle m'avait murmuré ? Je cherchais, je cherchais. Je tentais de me rappeler les derniers moments que nous avions passés ensemble. Mais je n'étais sûre de rien : jour après jour, tout se brouillait un peu plus. J'essayais de reconstituer le puzzle, mais tant de pièces manquaient. Je revoyais ma mère, allongée sur son lit, me disant d'une voix très basse, très douce, qu'elle était fatiguée. Je la regardais, j'acquiesçais. Je jouais à côté d'elle. Je ne faisais pas de bruit : maman devait se reposer. Puis, plus rien : le film s'arrêtait là, brutalement. Après, c'était le trou noir. Après, j'avais tout oublié.

J'étais épuisée de tant chercher. Parfois je m'endormais, mon père me retrouvait recroquevillée sur la moquette de ma chambre. Je sentais son bras sur mon épaule. Il me secouait doucement : « Alice, réveille-toi, voyons, Alice, ce n'est pas le moment de dormir ! Pourquoi es-tu si fatiguée ? » Il ne m'embrassait pas : mon père n'osait pas m'embrasser, même petite. Je me redressais, je le fixais, je ne disais rien. Oh, comme j'aurais voulu avoir le courage de lui poser la question, la si petite question, les quatre mots simples : papa, où est maman ? Je ne pouvais pas : son regard me l'interdisait. Son regard portait tant d'ombres, tant de désolation, tant de tristesse, que j'avais peur. Peut-être préférais-je ne rien savoir. Peut-être préférais-je espérer.

Mon père quittait la chambre. Je me relevais. L'attente recommençait.

Combien de temps tout cela a-t-il duré ?

Puis, plus tard, je savais alors que ma mère était morte, on me l'avait dit, mon père me l'avait dit, je ne sais plus quel âge j'avais, je ne sais plus comment il me l'a dit, je ne sais pas si j'ai compris tout de suite, je ne sais pas si je le savais déjà, c'est si loin, c'est si violent, c'est perdu. Un jour de neige, lui et moi en montagne, il fait froid, mes joues sont glacées, elles me brûlent, le soleil brille, la neige étincelle, c'est beau, c'est magnifique, mon père et moi marchant dans la neige, nos pas qui crissent, mon éblouissement. J'enlève un gant, je prends un paquet de neige, je fais une boule, vite, vite, ne pas perdre ce moment heureux, le sauver, le prolonger, je la lance sur lui, de toutes mes forces, tout est si joyeux, si léger, il se retourne, son regard, une fraction de seconde, hésite, il est surpris, je suis effrayée, peut-être n'aurais-je pas dû, peut-être suis-je allée trop loin, j'attends, je retiens mon souffle, je suis immobile, j'ai peur de tomber, et soudain son visage qui s'éclaire, il rit, mon Dieu il rit, comme ce moment est merveilleux, j'ai envie de pleurer, de me jeter dans ses bras, de le couvrir de baisers, je ramasse une autre boule de neige, je l'envoie sur lui, puis une autre, une autre encore, une autre encore, et nos rires éclatent dans le ciel, j'aimerais que cela ne cesse jamais, j'aimerais qu'il neige tous les jours, oh comme nous serions heureux, lui et moi, dans tout ce blanc étincelant.

La bataille de boules de neige est finie, je suis épuisée, je suis heureuse, nous rentrons lentement, mon cœur cogne en moi et c'est de la joie, j'ai presque mal de me sentir aussi vivante, je prends la main de papa, je ne dis rien, j'ai peur de me tromper de mots, j'ai peur que mes paroles ne rompent l'enchantement, mieux vaut le silence, nous marchons dans la neige, tout est calme et immense, et soudain mon père qui me dit, si bas que c'en est un rêve : « Ta mère aimait les paysages de neige. Elle en a peint beaucoup. C'étaient ses plus belles toiles, je crois. » Dans ma petite tête, tout se bouscule alors. J'ai du mal à respirer. J'essaie de comprendre : ma mère était donc peintre. Peintre. Ma mère. Ma mère, peintre. Ma mère, devant des toiles. Ma mère, des pinceaux à la main. Ma mère, en couleurs. Où peignait-elle ? à la maison ? dans un atelier ? Avait-elle du succès ? Exposait-elle souvent ? Pourquoi n'ai-je aucun souvenir de toiles, de couleurs, d'odeurs ? Mon père aimait-il son travail ? L'encourageait-il ?

M'a-t-on répété, des dizaines de fois, de faire attention, de ne pas m'approcher des toiles parce qu'elles étaient en train de sécher ? Ai-je eu envie, parfois, de poser un doigt, une main, une bouche, sur elles ? Ai-je désobéi ? J'essaie, à toute vitesse, de me souvenir. La tête me tourne. Mon père ne se rend compte de rien. Il se tait. Je le regarde : la lumière qui éclairait son visage quelques instants plus tôt s'est dissipée. À nouveau mon père est loin de moi. Je me demande encore : où sont les toiles ? Mon père les a-t-il conservées quelque part ? Les a-t-il données ? Les a-t-il jetées ? Pourquoi ce vide, pour tout ? Pourquoi ne reste-t-il rien de la vie d'avant ?

Je serre les poings dans mes poches, j'ai froid aux mains soudain, j'en veux à mon père, j'aimerais recommencer la bataille de boules de neige et lui faire mal, lancer les boules sur lui de toutes mes forces, j'aimerais qu'il tombe dans la neige et qu'il ne se relève pas, qu'il reste là, que la neige recouvre son corps, qu'il n'en reste aucune trace, comme lui-même a effacé les traces de ma mère, j'aimerais l'abandonner à ses souvenirs, mais on n'abandonne pas un père, ma bouche tremble, mes yeux me brûlent, je ne veux pas pleurer, ma bouche tremble de plus en plus, je sens mon visage se déformer, j'essaie de respirer, une première larme roule le long de ma joue, j'ai honte de ne pas être capable de retenir mes pleurs, j'accélère, je marche plus vite que mon père, il ne s'en aperçoit pas, il continue à marcher lentement dans la neige, je marche vite, le plus vite possible, il fait très froid, combien de mètres nous séparent, je me retourne enfin, je le regarde s'avancer, mon père, seul dans la neige, le dos légèrement voûté, le regard gris tourné vers le ciel, mon père, que j'aime.

Ce soir, j'irai voir cet homme. Il n'habite pas loin de chez moi. Peut-être nous sommes-nous déjà croisés ? Dans une file d'attente, chez un commerçant, à un arrêt de bus ? Peut-être sa main a-t-elle effleuré ma main, mon dos ? Quel âge a-t-il ? Si ma mère était encore en vie, elle aurait cinquante-cinq ans. A-t-elle aimé un homme plus âgé ? Plus jeune ? Est-il marié ? A-t-il des enfants ? Est-il beau ?

Acceptera-t-il de m'ouvrir sa porte ? De m'écouter ?

De me regarder ?

De me raconter ?

Attendre le soir. Je sais attendre : c'est quelque chose que j'ai appris très jeune. Je sais laisser les heures s'écouler sans moi, je sais m'absenter, être en dehors du mouvement de la vie. C'est assez simple : cela ressemble à un abandon.

Il est midi. Soudain il sera dix-neuf heures. Je me glisserai hors de mes songes, je reprendrai possession de moi. Je serai là, à nouveau. Je me lèverai. Je me coifferai. Je me maquillerai, peut-être. Je prendrai mon sac. Je claquerai la porte de l'appartement.

Dehors, il fera doux. Je marcherai lentement. J'irai vers cet homme. J'aurai peur, et j'aurai hâte.

Je viens vers vous. Je n'ai pas changé de tenue : j'ai gardé ma robe bleue. J'ai pensé que j'étais plus belle ainsi. Vous ne savez pas comme j'ai peur de vous rencontrer. Vous ne savez pas comme je le désire.

Trois stations de métro nous séparent. Peut-être serez-vous absent. Vous ne m'attendez pas. Je ne suis rien pour vous. Vivez-vous seul ? Aimez-vous une femme ? Avez-vous des enfants ?

Ai-je perdu du temps ?

Je marche lentement. L'air est doux. C'est un bel été, m'a dit tout à l'heure mon voisin croisé dans l'escalier. Il a dit ça en souriant. Son regard était clair. J'ai pensé qu'il était amoureux. J'ai pensé qu'il avait de la chance. Je lui ai rendu son sourire.

La même question, obsédante depuis ces derniers jours : s'il ne se souvenait pas d'elle ? Si, à l'évocation de son nom, son regard demeurait éteint ? Combien d'années se sont-elles écoulées ? Je recommence le même calcul, celui que je fais mentalement tous les jours depuis les dernières paroles de mon père : vingt-cinq ans. Oui, peut-être ne se souviendra-t-il pas d'elle. En vingt-cinq ans, on a le temps de mourir plusieurs fois à ses souvenirs. On a le temps de les enfouir très profondément en soi, si loin qu'ils finissent par se perdre. On a le temps de croire que ce qui a été n'a pas été.

C'est idiot, n'est-ce pas ? C'est idiot. Tout le monde me le dirait : je ne pourrai pas retrouver ma mère à travers l'homme qu'elle a aimé il y a vingt-cinq ans, quelques mois avant de mourir. C'est une illusion. Je vais me faire du mal. Je ne trouverai rien, seulement un visage étranger qui me racontera, s'il y consent, quelques moments enfuis qui leur auront appartenu et parmi lesquels je n'aurai pas ma place. Ce sera « il » et « elle », ce ne sera pas « nous ». Ce sera « elle » hors de moi, hors de ma vie, hors de mon temps. Une fois encore, je me heurterai au vide, à l'absence. Une fois encore, j'aurai perdu ma mère.

Même à Hannah, je n'ai rien osé dire. Elle m'aurait écoutée et elle aurait pris ma main, elle aurait murmuré, doucement, comme on parle à un enfant effrayé, afin de l'apaiser, qu'il faut faire attention, à trop croire à ses rêves on devient fou, ma mère est morte, je l'ai appris très tard, trop tard sans doute mais c'est une certitude, j'ai eu une mère, vivante, puis morte, je l'ai perdue enfant, je ne me souviens pas d'elle et c'est ainsi, il faut accepter, ne pas se tourmenter, ne pas s'abîmer dans le passé, apprendre à vivre, voilà l'important, apprendre à vivre et à aimer. J'aurais hoché la tête, en fermant les yeux, j'aurais fait semblant, pour ne pas peiner Hannah, pour ne pas lui faire peur, de lui signifier qu'elle a raison, bien sûr, elle a raison, je lui aurais pressé la main, qu'elle ne s'inquiète pas, je ne chercherai pas à rencontrer cet homme, tout ça c'est du passé, des amours mortes, ensevelies, qui ne me concernent pas ni ne me rendront ma mère. Mais à l'intérieur de moi tout aurait crié le contraire, enfant, j'ai tant attendu ma mère, qu'on me laisse, enfin, approcher une personne qu'elle a aimée, à laquelle elle s'est donnée, qu'on me laisse, enfin, saisir ma chance : je veux savoir, comprendre, qui était ma mère. Je veux savoir d'où je viens.

Dans quelques minutes, je serai arrivée. Je m'assieds sur un banc. La nuit n'est pas encore tombée. C'est l'heure entre chien et loup, où tout semble incertain, où tout semble improbable. Une femme passe devant moi, elle tient par la main une petite fille. L'enfant doit avoir cinq ans, six ans tout au plus. Elle glousse en jetant à sa mère des regards espiègles. La femme sourit. J'envie l'enfant. J'envie la mère. Je pense qu'à l'âge de cette petite fille, je passais mon temps à attendre ma mère. Je croyais à son retour, avec autant de certitude et de désespoir que je croyais, tous les soirs, au retour d'un lendemain.

Je me relève. Les rues sont presque désertes. C'est le moment où on rentre chez soi, on embrasse sa femme, l'homme qu'on aime, ses enfants, on prépare le dîner, on raconte sa journée. C'est l'heure où ceux qui sont seuls sont encore plus seuls. Je ferme à nouveau les yeux. J'aimais marcher ainsi, enfant : en aveugle. Les sensations sont démultipliées, on sent le poids et la fragilité du corps qui peut, à tout instant, s'effondrer. Un jour, peut-être, je tomberai à terre et je ne me relèverai pas. Tout sera fini pour moi. Il n'y aura plus de mouvement, plus de désir. J'avance lentement. Je suis une enfant. J'ai trente ans. Je suis une vieille femme. Je n'ai pas d'âge. Ma vie ne m'appartient pas. Elle ne m'a jamais appartenu. Je cours après elle. J'aimerais la tenir entre mes mains et la regarder briller, comme on regarde briller une lumière.

Encore quelques pas. Ne pas penser à cet homme. Ne pas réfléchir aux premières paroles. Ne rien attendre.

Je ne peux pas. Je ne peux pas : je sens l'espoir en moi, qui brûle mon ventre, mon dos, ma gorge. Je suis, malgré moi, précipitée vers cet homme. Mon cœur cogne. C'est violent. C'est bon.

Contrairement à ce qu'on avait tenté de m'expliquer lorsque j'étais enfant, je ne crois pas que les morts nous regardent. Je ne crois pas qu'en ce moment, mon père me regarde : la mort l'a englouti. Il ne sait plus rien de moi. Il ne me voit pas aller à la rencontre de l'homme que ma mère a aimé. S'il était encore en vie, qu'en aurait-il pensé ? Se serait-il senti trahi ? Humilié ?

On ne sait rien d'un homme, ou si peu. On ne connaît pas ses failles, ses peurs, ses doutes. On les pressent parfois, mais on ne pourrait en dessiner les contours exacts. On n'imagine pas ce qui pourrait le faire tomber, ni ce qui pourrait le faire grandir. Si j'avais avoué à mon père mon désir de connaître cet homme, je n'aurais rien su de ce qu'il aurait éprouvé. Probablement n'aurait-il rien dit, comme à son habitude. Il aurait fixé ses yeux sur les miens puis aurait détourné le visage. Nous en serions restés là. De son effroi, de son chagrin, de son humiliation, de son soulagement aussi, peut-être, rien n'aurait été dit. Sans doute n'aurais-je pas voulu lui faire davantage de mal : sans doute aurais-je renoncé.

Aujourd'hui, il est mort, et j'ose enfin aller jusqu'au bout d'un désir. Je ne sais pas si j'en suis heureuse. Je me fais l'effet de ces grands malades auxquels on accorde soudain le droit de faire une promenade et qui éprouvent alors, avec une douloureuse acuité et une sensation d'ivresse, la douceur de l'air, le tournoiement des odeurs, l'illusion de la légèreté : la vie autour de soi, alors qu'on en avait été privé. La vie, son vertige. J'en suffoquerais presque.

Derniers mètres avant d'arriver chez cet homme. Je peux encore renoncer, rebrousser chemin, m'enfuir. Éviter la rencontre, pour mieux la rêver : passer le reste de ma vie à rêver le dernier amour de ma mère, à rêver le désir, les baisers, l'union des corps. Rêver ma mère heureuse, happée par l'amour, quelques mois avant que la maladie en quatre semaines ne l'emporte. Me perdre dans ce rêve, et vivre dans la lumière de ce secret inventé.

Je ne me retourne pas. Je continue à avancer : je ne veux plus rêver. Je préfère tomber que ne pas savoir : à repousser sans cesse les limites du réel, l'espoir rend fou.

Nous sommes le 21 juillet 2006. Il est vingt heures. Je m'appelle Alice Grangé. J'ai trente ans. Gérard Oury est mort hier. Tout cela est certain. Vérifiable. Le réel. Je marche vers un homme que je ne connais pas. Ça encore, le réel. Cet homme a aimé ma mère. Ma mère a aimé cet homme. Je n'en suis déjà plus sûre. Cet homme va me parler de ma mère. Je ne sais pas. Je vais retrouver quelque chose de ma mère. Je ne sais pas.

Les choses les plus importantes sont-elles celles que l'on sait, ou celles que l'on cherche ?

Je m'appelle Alice Grangé. J'ai trente ans. Je cherche ma mère.

Je suis devant chez lui. C'est un immeuble ancien, de cinq étages. La façade est belle, ravalée depuis peu. Plusieurs fenêtres sont allumées. Au deuxième étage, le balcon est fleuri. Les autres ne le sont pas. À quel étage habite-t-il ? Aime-t-il les fleurs ? Les aimait-il autrefois ? Lui en a-t-il offert ? Aimait-elle respirer leur parfum ? Les laissait-elle chez lui ? Les rapportait-elle à la maison ? Que disait-elle à mon père ? Qu'inventait-elle ?

Chasser les pensées. Chasser les images.

Sur l'interphone, le nom, **Emmanuel Basini**, en caractères gras. Je le regarde longtemps. Doucement j'approche une main, j'effleure les lettres noires. Ainsi, ce nom appartient bien à une vie, à un homme. Il m'a fallu tant d'années pour parvenir à lui.

Et si je me trompais ? Si cet homme n'était pas celui que ma mère a aimé ? Mon père ne m'a dévoilé son identité que quelques heures avant sa mort, ses pensées étaient-elles encore claires, un autre nom ne s'est-il pas substitué dans sa tête ? L'inconscient est si malin. Peut-être mon père s'est-il trompé et m'a-t-il, dans le même temps, trompée ?

J'hésite. Mon regard se voile un instant, comme si le ciel soudain s'était obscurci.

Pourquoi, à un certain moment, trouve-t-on l'énergie d'affronter ce qui pourrait nous précipiter à terre ou nous sauver ? Accepter de tout perdre ou tout gagner. Faire ce pari-là. Mettre sa vie en jeu. Est-ce ça, l'instinct de survie ?

Je sonne.

L'interphone a grésillé, j'ai entendu un déclic, la porte de l'immeuble s'est ouverte. Je n'ai pas eu à donner mon nom : il n'a pas demandé qui était là. Il a simplement dit : « Troisième étage », d'une voix neutre, plutôt douce. Peut-être attendait-il quelqu'un ?

Je ne prends pas l'ascenseur. L'escalier est étroit. Je monte lentement. Mon cœur bat à tout rompre. Je ne pense à rien. Je ne sais plus rien. Je gravis une marche après l'autre. J'ai peur de me disloquer.

Je suis devant la porte. Je cherche la sonnette. Je ne la vois pas : le palier est sombre, la lumière vient de s'éteindre. Je frissonne. Je frappe à la porte, trois petits coups. L'homme ouvre aussitôt. Je distingue un long corps. Je vais tomber. Je vais tomber.

Ma voix résonne étrangement, comme si je n'étais pas ici, à quelques centimètres de lui, mais loin, très loin :

– Bonsoir, je m'excuse de vous déranger, j'ai quelque chose d'important à vous demander.

Ma gorge est sèche, ma voix fragile, une voix de petite fille, une voix qui implore, c'est ridicule, je m'en veux, je ne suis pas une petite fille, je suis une femme, j'ai trente ans, je cherche ma mère, j'aimerais avoir une voix forte, j'aimerais ne pas m'excuser de déranger, j'aimerais m'entendre dire : « Bonsoir, je suis Alice, parlez-moi de ma mère. » Mais je ne peux pas : je suis une enfant, je vacille, j'ai peur. Il faudrait que l'homme me prenne par le bras, me fasse entrer chez lui, doucement, avec délicatesse, comme on aide un grand malade à marcher, qu'il m'assoie dans un fauteuil, me serve un verre d'eau. Je fermerais les yeux. Il ne poserait aucune question. Il comprendrait. Il me parlerait de ma mère.

J'ai froid. Je regarde l'homme. Je crois qu'il est assez beau, je ne sais pas, je le regarde et je ne vois rien de lui. Il est là et il n'est pas là. Il est un désir. J'espère, de toutes mes forces, qu'il me laissera entrer. J'espère. J'attends. Mon corps n'est plus que ça : une attente.

– Je vous écoute.

Il m'observe. Il ne sourit pas. Son visage est grave, attentif.

Je n'ai préparé aucune phrase. Ou peut-être en ai-je préparé, mais je ne m'en souviens plus : j'ai tout oublié.

Je me suspends à son regard. Je prononce, sans le quitter des yeux :

– Je suis la fille de Blandine Grangé. Il fallait que je vous rencontre.

Voilà. Ma voix n'a pas tremblé. J'ai su dire les mots. Il me semble, mais je me trompe peut-être, que quelque chose est passé dans son regard : un frémissement.

Un très long silence. Puis la voix de l'homme, inespérée :

– Entrez.

Je fais un pas. Je suis un automate. Je n'ai plus de pensées. J'entre. Je suis tout près de lui. L'homme sent la cigarette. Il me regarde avec attention. Je fuis son regard. Je fais mine d'avancer. J'essaie de sourire. Je suis désarticulée.

– Merci.

J'aimerais m'asseoir. La tête me tourne. J'ai peur de perdre l'équilibre. L'homme a dû s'en rendre compte car il me dit, avec douceur :

– Asseyez-vous, je vous en prie. Voulez-vous un verre d'eau ?

Je hoche la tête. Je m'assieds dans un fauteuil. Je pose mon sac. L'homme disparaît.

Où suis-je ? Quel rivage ? Quelle terre inconnue ?

Est-ce une folie d'être venue ?

Cet homme a-t-il vraiment aimé ma mère ? L'a-t-il aimée comme je rêve que ma mère ait été aimée ?

Je regarde autour de moi : la pièce est spacieuse. Peu de meubles. Pas d'objets. De grandes fenêtres. Il doit y faire très clair en journée.

– Tenez.

Je sursaute : je ne l'avais pas entendu revenir. Penché au-dessus de moi, il me tend un verre d'eau. Je bois, lentement. L'homme m'observe. Je sens son regard sur moi. Je fixe le verre. Je le garde entre mes mains. À travers le verre j'aperçois mes doigts, déformés.

L'homme ne dit rien. Je relève enfin la tête vers lui. Je soutiens son regard.

– Vous êtes la fille de Blandine.

Il a parlé très lentement, sans me quitter des yeux. Sa voix me paraît plus grave que tout à l'heure. Le prénom de ma mère dans sa bouche... Je reste saisie, comme si on m'avait atteinte en plein cœur : mon père ne prononçait jamais le prénom de ma mère. Moi seule, je le chuchotais, en secret, pour l'entendre résonner : Blandine, Blandine, Blandine... Combien de fois l'ai-je murmuré, combien de fois ai-je pleuré sur ce prénom qui sonnait comme une carcasse vide ?

– Oui. C'est mon père qui m'a parlé de vous.

J'hésite à lui dire que mon père est mort. Je m'en abstiens : après tout, quelle importance pour lui ? Peut-être ma mère n'est-elle plus qu'un prénom, une page refermée de son histoire, bien rangée dans le cortège de ses souvenirs ; alors, mon père... Lui n'a sans doute été qu'un nom, une présence encombrante il y a vingt-cinq ans. Et puis, je crois que je ne pourrais pas prononcer la phrase : « Mon père est mort » : cela me semblerait presque indécent.

Je ne sais comment poursuivre : comment

dire à cet homme que je ne connais pas, cet étranger, qu'il est le seul lien entre ma mère et moi, et que je désire tant qu'il me raconte ce lien ? Comment lui dire que cette femme qui est devant lui, qui s'appelle Alice, qui a trente ans, cherche sa mère depuis des années, depuis des années remue toute la matière en elle, une boue, une glaise dans laquelle elle se perd, dans laquelle elle s'enfonce, toujours plus profondément, toujours plus dangereusement, elle s'enfonce, elle glisse, elle perd pied, parce que l'espoir la ronge de retrouver quelque chose, même trois fois rien : une parole, une attitude, l'écho d'un rire. Elle la cherche dans ses souvenirs, mais les souvenirs se confondent avec les rêves, ils diffusent la même douceur poignante, la même lumière grise, alors elle ne sait plus, le seul endroit où repose sa mère, en elle, c'est dans le manque qu'elle ressent et qu'elle ne parvient pas à nommer, ce manque qui lui creuse le corps, ce manque qui ressemble à une brûlure, ce manque que rien n'est parvenu à apaiser, jamais. Ce manque dont elle ne sait dessiner l'origine et dont elle n'éprouve que la violence.

Comment dire tout ça simplement, alors que je ne connais pas cet homme ?

Est-ce que les mots suffisent à traverser

l'autre ? À signifier au plus juste le désarroi de l'âme et du corps ? Comment faire part d'une brûlure à quelqu'un qu'on ne connaît pas ?

Je baisse les yeux. Je sens le regard de l'homme sur moi. Je regarde mes mains. J'ai les ongles rongés. Il faudra qu'un jour je cesse de me ronger les ongles. J'aimerais avoir de belles mains. J'aimerais ne pas avoir besoin de mots. J'aimerais que l'homme comprenne sans que je lui dise rien. J'aimerais pouvoir lui sourire.

– Pardonnez-moi de vous déranger. Mais j'ai besoin que vous me parliez d'elle. Je ne sais rien d'elle. Je ne me souviens de presque rien. Personne ne m'a jamais parlé d'elle.

Ma voix s'étrangle dans la gorge. Je suis à bout de forces, à bout de mots. Je parviens à prononcer encore, dans un chuchotement sans doute inaudible :

– Vous êtes le seul lien vers elle qui me reste. Le dernier lien.

À nouveau mon regard se voile. Je me tais. J'ai peur de pleurer. Ne pas pleurer. Pas le droit. Pas devant cet homme. Lutter. Rester forte. Tenir bon. Mes paroles continuent de résonner à mes oreilles, comme en un improbable écho, immenses, lourdes, trop lourdes pour avoir le droit d'être adressées à un homme que je ne connais pas, un soir d'été, sans crier gare. J'ai conscience de leur poids mais je ne peux pas lutter, autrement je tombe, autrement je m'effondre, or je ne veux pas tomber, je ne veux pas m'effondrer, je ne veux pas que tout s'arrête là, maintenant, devant cet homme, cet homme que ma mère a aimé, cet homme auquel ma mère s'est donnée, je veux qu'il me dise, qu'il me dise quelque chose d'elle, de son amour, de son bonheur, je veux l'entendre me raconter, je veux pouvoir rêver sur eux, sur leur joie. Impudique ? Oui, peut-être, impudique. Et alors. L'impudeur est tout ce qu'il me reste. Pendant des années, j'ai cru qu'il ne me restait rien de ma mère, aucune trace. Pendant des années, j'ai eu le vertige du vide au fond de moi.

– Pourquoi maintenant ?

Lui aussi parle très bas. Il s'assied en face de moi. Il paraît calme. Il me regarde. Que devine-t-il de mon trouble ?

– Mon père m'a parlé de vous pour la première fois il y a quelques jours. Quelques mots à peine. Il m'a donné votre nom, m'a dit que vous étiez peintre. Que ma mère vous avait aimé... C'est tout.

Je repose le verre sur une petite table en bois, à ma droite. Ma main tremble. Je manque d'air. J'ai envie de me lever. Ouvrir les fenêtres.

Emplir mes poumons d'air. J'ai envie de m'enfuir. J'ai envie de disparaître.

J'ai envie de rester là.

L'homme hoche la tête. Je baisse les yeux. Je murmure encore, sans le regarder :

– Il n'y a qu'un seul Emmanuel Basini dans l'annuaire…

– Ah… C'est une chance, ça…

L'homme esquisse un sourire. Son visage s'éclaire. Il se penche, attrape un paquet de cigarettes sur la table en bois.

– Vous fumez ?

– Non, merci.

– Ça ne vous dérange pas ?

Je fais signe que non. Il craque une allumette, aspire une première bouffée.

– C'est bien moi en effet.

Il se tait à présent. L'odeur de la cigarette me parvient, entêtante. Je ne relève pas les yeux mais je sens son regard sur moi, pénétrant.

– Que voulez vous savoir ?

Je secoue la tête : comment pourrais-je lui répondre ?

L'homme se lève, se dirige vers la fenêtre. Il me tourne le dos. Un long silence s'écoule. Puis j'entends sa voix, grave, lente :

– Je ne sais pas si j'ai envie de vous parler d'elle. Je ne sais pas si j'en serais capable…

Il s'interrompt. J'entends les battements de mon cœur, violents, désordonnés. Ma nuque, est raide. Mon corps, est raide. J'ai peur qu'il ne poursuive pas.

– Je veux dire... Que peut-on raconter d'un amour, vingt-cinq ans après ?

Je ferme les yeux. Je me laisse lentement glisser dans une eau trouble. Je songe. Je rêve. Que peut-on raconter d'un amour vingt-cinq ans après ? L'amour se raconte-t-il ? Les vies se racontent-elles ? Pas le fil le long duquel elles se sont déroulées, qui imprime des faits, des étapes, des périodes, non, pas ce fil-là, lisible, plat, objectif, mais l'intérieur des vies, leur frémissement, leur fragilité, leur manière bien à elles de palpiter, d'être au monde et de risquer, parfois, de s'y soustraire ? Comment raconter le désir d'une vie ? À quoi ressemblent vingt-cinq années ? À une étendue, vaste, lente ? À un éclair ? Est-ce une vie ? Un morceau de vie ? Combien y a-t-il de vies dans une vie ? Combien de chutes ? Combien d'abandons ?

Combien de vies ma mère a-t-elle vécues ? Combien d'amours ? Combien de rêves ? La naissance d'un amour marque-t-elle le commencement d'une nouvelle vie ?

Combien de fois vais-je aimer ? Combien de

fois vais-je tomber ? Combien de fois vais-je me relever ?

Il ne s'est pas retourné. Je ne distingue pas les traits de son visage. À quoi pense-t-il ? À elle ? À eux ?

Je murmure :

– Je sais, j'arrive comme ça, chez vous, à l'improviste… Pardonnez-moi. Mais je crois que je n'avais pas le choix.

– Mais qu'attendez-vous de moi ? Qu'espérez-vous trouver ?

Je lève les yeux vers lui. Il n'a pas bougé. J'aimerais qu'il se retourne. J'aimerais qu'il me regarde.

– Je ne sais pas. Quelque chose qui lui appartienne vraiment. Quelque chose qui me la rende un peu.

Et comme il demeure silencieux, je me relève, je m'approche et prononce, d'une voix dure, que je reconnais à peine :

– Lorsque ma mère est morte, j'avais cinq ans. Je ne me souviens presque pas d'elle. J'ai quelques images, trois, quatre, mais elles sont là depuis si longtemps qu'à force, je ne sais plus si elles sont vraies, ou si c'est moi qui les ai inventées. Je ne sais pas qui était ma mère, je ne sais pas quel genre de femme elle était, je ne sais pas si elle était belle, je ne sais pas comment elle riait, je ne sais pas comment elle s'habillait, je ne sais pas comment était sa voix, je ne sais rien !

Ma voix se brise. Je ne veux pas pleurer. Je serre les poings. Je veux aller jusqu'au bout.

– Alors, voilà : lorsque mon père m'a parlé de vous, je me suis dit que vous pourriez me parler d'elle. Me raconter qui elle était.

L'homme s'est retourné. Nous nous faisons face. Il est très proche. D'un doigt, je pourrais effleurer son front. Il me dévisage, longuement. Je ne peux détacher mon regard du sien. Je voudrais, pourtant, lui échapper. Je sens mon visage brûlant. Puis j'entends les mots, presque chuchotés, qui tombent comme un couperet :

– Je crois que vous vous trompez. Vous parler de votre mère ne vous apporterait rien.

J'ai envie de hurler. Je reste silencieuse. J'ai souvent voulu hurler, je suis toujours restée silencieuse. Mon corps est impuissant à traduire sa détresse.

Je reste debout. Je voudrais disparaître. J'ai honte, soudain. J'ai honte.

L'homme se retourne. Il avance dans la pièce. Il allume une autre cigarette. Ronds de fumée devant ses yeux. Son visage s'efface. L'homme sort de la pièce. Il revient. Il dit des choses. Je n'entends pas. Je suis loin de lui. Je suis dans un aquarium. Aucun son ne sort de moi. Il ne me voit plus. J'ai peut-être disparu. Alice. Je m'appelle Alice.

– Vous êtes jeune. Quel âge avez-vous ?

Sans doute a-t-il répété la phrase plusieurs fois avant qu'elle ne me parvienne. Je secoue la tête : impossible de lui répondre. Je suis vide. L'homme me fixe. J'aimerais qu'il s'éloigne, j'aimerais qu'il cesse de me regarder.

Il s'approche.

– Lorsque j'ai connu Blandine, elle avait trente ans. Je pense que ce doit être à peu près votre âge ?

J'acquiesce. L'homme reprend :

– Trente ans… Comme c'est jeune !

Je ne réponds pas. Je le regarde. Je crois qu'il est beau.

Puis j'entends encore, comme venant de très loin :

– Trente ans, c'est la vie qui commence.

Sensation de coton autour de moi. Pièce remplie de coton. Corps enveloppé de coton. Étouffement. Étouffement. Le coton pénètre le corps. Il l'envahit. L'homme ne s'aperçoit de rien. Je n'arrive plus à respirer. La phrase tournoie dans ma tête. Trente ans, la vie qui commence. Trente ans, la vie qui tourne et retourne sur elle-même, qui n'en finit pas d'en revenir au même point, comme un serpent, incapable d'avancer, déroulerait puis enroulerait ses anneaux, inlassablement, lentement d'abord puis de plus en plus vite, affolé, pris au piège, trente ans, les anneaux m'enserrent, trente ans, l'homme est tout près de moi, il s'est approché, il me tend une main, je vais tomber, je vais tomber.

– Asseyez-vous, vous êtes toute pâle.

J'ouvre les yeux : il est assis à côté de moi. Il me regarde avec attention. J'ai envie de refermer les yeux. J'ai envie de m'endormir.

– Ça va mieux ?

Je hoche la tête : je me sens faible mais la sensation d'étouffement s'est dissipée. J'essaie de lui sourire.

– Vous avez repris quelques couleurs.

Puis, d'une voix douce :

– Je ne voulais pas vous faire de peine, tout à l'heure. Mais je ne sais pas comment répondre à ce que vous me demandez. Je ne sais pas ce que je pourrais vous dire. Ce que votre mère et moi avons partagé est tellement intime… Cela ne se raconte pas. Je ne peux pas appuyer sur un bouton et vous extraire des images. Je n'ai pas le droit de faire ça, vous comprenez ? Je n'en ai pas envie.

Il s'interrompt un instant puis, d'une voix plus douce encore, un murmure :

– Ce que j'ai vécu avec votre mère n'appartient qu'à nous. Mais si vous voulez savoir si nous nous sommes vraiment aimés, alors oui, je peux vous le dire. Je n'ai rien oublié de tout ça, de ce qui nous a emportés elle et moi.

Il se lève. J'ai l'impression qu'on vient de me prendre dans les bras. Je referme les yeux.

Combien de temps s'écoule ? Nous nous taisons. Peut-être pense-t-il à ma mère, à eux deux, à leur bonheur. Moi, je ne pense à rien. Je crois que je ne me suis pas sentie aussi apaisée depuis longtemps. Je garde les yeux clos. J'ai à nouveau envie de m'endormir, comme un enfant qui, après avoir longtemps pleuré, enfin consolé, s'abandonne soudain. J'aime que nous restions silencieux. J'aime qu'il ne me parle pas.

Sa voix me tire de ma torpeur :

– Pardonnez-moi, mais j'attends quelqu'un ce soir. Lorsque vous avez sonné, j'ai d'ailleurs cru que…

Quelque chose se serre en moi. Comme si j'avais mal quelque part. C'est très diffus, presque imperceptible. Je m'en veux.

– Je pars, ne vous en faites pas.

Je me lève. La tête me tourne. Mon corps est raide. Je traverse le salon, aussi vite que possible. L'homme m'emboîte le pas. Je sens son corps derrière moi. À quoi songe-t-il ? à son rendez-vous ? M'observe-t-il ? Regarde-t-il mon dos, ma robe froissée, mes jambes ? J'ai l'impression de marcher avec maladresse. J'aimerais être légère. J'aimerais être un oiseau.

L'homme ouvre la porte. Il me regarde avec une grande douceur. De nouveau, ma gorge se serre. Je ne sais pas si je dois lui tendre la main. C'est lui qui pose la sienne sur mon épaule. Je sens sa chaleur se diffuser en moi.

– Merci.

J'aimerais dire autre chose mais je ne sais pas quoi : aucune phrase ne me vient. Il y aurait tant à dire… Et ce qu'il y aurait à dire me paraît plus grand, plus démesuré que ce que je serai jamais capable d'exprimer avec des mots. Je fixe l'homme, de toute mon attention : j'aimerais ne rien oublier de ce visage. J'aimerais ne rien en perdre. Au moment de me retourner, je frôle sa main par inadvertance. Sensation de décharge électrique dans tout le corps. Je baisse les yeux précipitamment. L'homme s'est-il aperçu de mon trouble ?

En silence, je franchis le seuil de la porte.

– Bonne chance, Alice.

Je m'immobilise. Le sang cogne à mes tempes. Je prononce, d'une voix que j'essaie de rendre aussi neutre que possible :

– Comment connaissez-vous mon nom ?

– Votre mère parlait souvent de vous. Je savais qu'à la maison, il y avait une petite Alice qu'elle adorait.

Je me retourne une dernière fois. L'homme me regarde. Il y a, au fond de ses yeux, quelque chose qui ressemble à une lumière. Je le regarde comme je pourrais soudain l'embrasser. Mes yeux me brûlent. Ma bouche commence à trembler.

Je fais un dernier geste de la main puis je m'engouffre, très vite, dans l'escalier. Je disparais.

Je cours. Les rues sont désertes. J'ai chaud. J'ai du mal à respirer. J'ai perdu le ruban qui attachait mes cheveux. Je n'ai plus de pensées. Je ne souffre pas, je ne cherche pas ma mère, je ne me souviens pas des paroles de cet homme, je ne me rappelle pas son visage, je suis un corps qui court dans la nuit qui commence, je suis libre, je suis vivante, je ne pleure pas, je ne m'appelle pas Alice, je suis un vide, je suis un oubli, je cours pour ne pas tomber.

Je ne suis pas tombée. Je me suis assise sur un banc. Je reprends mon souffle. Mon corps est en sueur. J'ai soif. Je ferme les yeux. Je m'apaise.

Je ne veux pas rentrer chez moi : chez moi je penserai à mon père, à sa mort, à nos silences, à tout ce que nous n'avons jamais réussi à nous dire. Je ne sais pourquoi, j'ai l'impression que rester dehors me maintient en sursis de la douleur de sa mort. C'est une illusion, bien sûr, une façon puérile de ne pas regarder la mort en face. Mais je ne sais pas regarder en face la mort de mon père : je n'en ai ni la force ni le courage.

J'ouvre les yeux. Je regarde le ciel. Pourquoi dit-on aux enfants que les morts vont au ciel ? Où est ma mère ? Où est mon père ? Où sont mes parents ? J'ai envie de crier. Je ne crie pas. Je ne pleure pas. Je me tais. Le ciel est immense. Rien qu'à le contempler, il me semble que je pourrais m'y perdre.

Je pense à ma mère. Qui peignait-elle ? Que peignait-elle ? Aquarelles ? Huiles ? A-t-elle peint, parfois, au couteau ? Grands formats ? Petits formats ? Pourquoi est-elle devenue peintre ? Par quoi a-t-elle été traversée d'assez vaste, d'assez puissant, pour éprouver ce désir-là ?

Je me relève. Je marche lentement, sans savoir où je vais. La nuit est tendre. Je revois cet homme. Son visage, la douceur de son regard. Cet homme que ma mère a aimé, il y a vingt-cinq ans. Ses yeux exprimaient-ils la même douceur ? Ou bien est-ce la vie qui, peu à peu, la leur a accordée ? À l'inverse, mon père, que j'ai toujours connu austère, était-il plus joyeux lorsque ma mère était encore à ses côtés ? Riaitil parfois ? Était-il joueur ? Les mêmes épreuves ne marquent pas les êtres de la même façon : certains s'ouvrent au monde, d'autres s'en éloignent ; renoncent. Qui décide de quoi ? On ne le sait pas. Certains se sauvent, d'autres se noient. On ne peut rien empêcher.

Je ne sais pas où mes pas me portent. Ce n'est pas grave : cette nuit, j'aimerais me perdre. Moi qui ai toujours peur de tout, des autres, de moi, de ce que je ne connais pas, j'aimerais me perdre dans cette ville immense, j'aimerais que la nuit n'en finisse pas, j'aimerais qu'elle me prenne et m'emporte, et m'amène ailleurs, hors de moi, là où je ne suis encore jamais allée, oui, c'est une nuit pour pleurer et laisser les douleurs se répandre, c'est bon de pleurer, pleurer c'est être dans l'enfance, petite fille je pleurais beaucoup, en cachette, dans ma chambre, mon père l'ignorait, je savais me retourner et vite sécher mes larmes, mon père ne me regardait jamais attentivement, les yeux de mon père passaient sur moi sans s'arrêter, mon père avait peur de ma peine comme j'avais peur de la sienne, nous étions aussi effrayés l'un que l'autre, mon père s'en est allé avec sa peur, je suis restée avec la mienne, j'entends sa voix, elle résonne dans la nuit, elle résonne dans mon corps, pendant combien de temps l'entendrai-je encore, je tremble mais je sais que la nuit on a tous les droits, on peut chanceler, on peut tomber, on n'a pas à faire semblant, à rester digne, on peut chuter sans avoir honte. On a droit à cette vulnérabilité-là.

La fatigue a quitté mon corps, je marche sans en éprouver la raideur. Je crois que je pourrais marcher des heures ainsi, légère, légère, c'en est presque irréel, à croire qu'il ne s'agit pas de moi, suis-je encore en vie, peut-être est-ce déjà la mort qui vient me prendre, avec délicatesse, comme une mère aimante, j'entends les paroles de cet homme, *À la maison, il y avait une petite Alice qu'elle adorait*, je les prononce tout bas puis un peu plus fort, je les répète, plusieurs fois, c'est bon, c'est doux, c'est violent, j'ai envie de rire et de pleurer, voilà une des plus belles phrases qu'on m'ait jamais dites, peu à peu la phrase s'imprime en moi, dans mon ventre, je la sens, elle pèse, elle est là, elle pèse tant que je retrouve mon corps, ainsi donc je suis en vie, je suis Alice qui marche dans la nuit, je suis vivante.

Je ne sais pas combien de temps j'ai marché. Je ne sais pas combien de temps j'ai rêvé. La nuit s'achève. Je suis en bas de chez moi. J'ai froid. J'ai sommeil. Je suis épuisée.

Clef dans la serrure. Je pousse la porte de mon appartement. Je n'allume aucune lumière. Je marche à tâtons jusqu'à la salle de bains, j'ouvre le robinet du lavabo, l'eau coule, je la regarde couler, je suis immobile, il n'y a plus rien, la vie s'est interrompue, je suis là et je ne suis pas là, je m'efface du monde, juste un instant. Comme tout est léger. Comme tout est simple. Je ne cherche plus rien. Je suis rompue. Puis mon visage sous l'eau froide, l'eau roule sur mon front, mes yeux, mes joues, ma bouche, elle roule dans mon cou, je frissonne, les larmes sont proches, je résiste, ne pas s'abandonner, ne pas s'abandonner, on met si peu de temps à tomber et tant à se relever, je ferme le robinet, j'enfouis mon visage dans une serviette, c'est chaud, c'est moelleux, c'est un peu l'enfance, j'enlève mes chaussures, j'ai mal aux pieds et j'aime cette petite douleur, j'enlève ma robe, j'enlève le bleu, je me déshabille entièrement, je suis nue, tout est sombre, je me dirige vers le lit, je tombe, la solitude est là, au pied de mon lit, elle m'attendait, pas la force de la chasser, pas la force de lui tourner le dos, j'ai mal, je voudrais qu'on me prenne dans les bras, je voudrais qu'on me parle. Je ferme les yeux. Que le sommeil m'emporte.

Ce n'est pas le sommeil qui vient, c'est l'image de cet homme, son dos devant la fenêtre, sa voix grave, sa main sur mon épaule. J'essaie de retrouver les traits de son visage. Sa façon de me regarder. Quel âge a-t-il ? Cinquante-cinq ? Cinquante-huit ans ? Qu'a-t-il fait depuis vingt cinq ans ? S'est-il souvenu ? A-t-il oublié ? A-t-il recommencé ? Combien d'autres femmes ? Combien d'autres mots d'amour ? Combien d'autres baisers ?

Combien de fois peut-on y croire ?

J'enfouis mon visage sous l'oreiller, je ferme les yeux, il faudrait que je dorme, mon corps est douloureux, mon corps est épuisé, la voix de l'homme résonne à mes oreilles, obsédante, pourquoi cette voix s'est-elle déjà gravée en moi, une voix d'ordinaire met du temps à devenir familière, je serre l'oreiller de toutes mes forces, je voudrais ne pas penser, je voudrais ne pas imaginer, ses yeux sur moi, qui ne me quittent pas, ces yeux, que ma mère a dû si souvent scruter, ces lèvres, qu'elle a embrassées, ce visage, qu'elle a contemplé, ce corps, qu'elle a aimé, auquel elle s'est donnée.

À quoi ressemblait l'amour entre eux ? Quelles étaient leurs étreintes ? Quelles étaient leurs caresses ? Se parlaient-ils pendant l'amour ? Se taisaient-ils ? S'embrassaient-ils ? Étaient-ils tendres l'un avec l'autre ? Savaient-ils si, entre eux, c'était du désir ou de l'amour ? Qu'est-ce que ça veut dire, aimer ? Pourquoi ces deux-là se sont-ils désirés ? Ma mère, avant cet homme, avait-elle désiré d'autres hommes ? Désirait-elle encore mon père ? Aimait-elle encore mon père ? Entre elle et cet homme, le désir aurait-il fini par s'éteindre ?

Pourquoi de ces deux corps unis n'en reste-t-il plus qu'un, pourquoi l'autre a-t-il succombé, s'en allant rejoindre le vent et la poussière, pourquoi même les corps amants ne meurent-ils pas ensemble, ma mère est morte, l'homme est resté seul, ma mère est morte, l'homme est resté vivant. Pourquoi un amour fou ne permet-il pas à la vie de triompher ?

Je me tourne et me retourne dans les draps, le sommeil ne vient pas, peut-être le jour se lèvera-t-il sans que j'aie dormi, peut-être devrais-je renoncer au sommeil et me mettre à écrire, est-ce toujours le manque qui dicte l'écriture, saurai-je un jour écrire un livre, l'amour comble-t-il tous les manques, ma mère a-t-elle été comblée par l'amour, ma mère a-t-elle éprouvé les manques que je ressens, vivre est-ce être dans le manque, suis-je en train de penser ou de m'endormir, ma tête ressemble à un grand désordre traversé par des questions, aurai-je un jour des débuts de réponses à toutes ces questions, les autres ont-ils des réponses, les autres savent-ils mieux que moi, j'ai soif, je n'ai pas le courage de me lever, je pense à mon père, je pense qu'après avoir connu le bonheur lui aussi a connu le manque, des années de manque, des années de solitude, quelle est la beauté d'une vie comme la sienne ?

Juste avant le sommeil, parfois, j'ai la sensation d'une chute vertigineuse. Le corps tombe, lentement, le corps tombe et j'aime me sentir tomber, c'est effrayant et merveilleux, peut-être un jour la chute ne finira-t-elle pas, je mourrai ainsi, en tombant, et peut-être cela sera-t-il une belle mort, ce mouvement qui n'en finit pas.

J'ouvre les yeux : la chambre est claire, baignée de soleil. Les vêtements de la veille gisent au pied du lit, épars, en désordre, comme après une nuit d'amour. Il n'y a pas eu d'amour, mais des rêves d'amour, doux, lents, heureux. Il est midi. J'ai dormi quelques heures. Je me sens bien : la fatigue a quitté mon corps.

Je me lève. J'allume la radio. La voix de Michel Berger : *Je m'en irai dormir dans le paradis blanc, Où les nuits sont si longues qu'on en oublie le temps, Tout seul avec le vent, Comme dans mes rêves d'enfant.* Je bois un café. Tout est calme et paisible.

Je pense à mon père : à nos matins ensemble. À peine levé, il allumait la radio. Je l'entendais se préparer dans la salle de bains. L'eau coulait, le rasoir électrique fonctionnait. Je restais encore quelques minutes dans mon lit, engourdie de sommeil, et j'attendais. J'aimais ces bruits, familiers, rassurants, proches et lointains, comme s'ils me parvenaient d'un autre monde. Lorsque mon père avait fini, je me levais à mon tour. Je m'habillais, je le rejoignais. Entre-temps, le poste de radio avait transité de la salle de bains à la cuisine : pendant des années, mon père et moi avons pris notre petit-déjeuner sur fond sonore. C'était un moment tranquille : nous n'avions pas à chercher des choses à nous dire. La radio occupait nos silences. Nous étions assis l'un en face de l'autre, dans la cuisine jaune et gris du grand appartement de mon enfance. Mon père écoutait la radio, je buvais mon lait chaud. Je faisais attention à ne pas faire de bruit. J'observais mon père, je regardais les mains porter aux lèvres la tasse de thé, dans un mouvement bref et régulier, je regardais la pomme d'Adam monter puis redescendre, je regardais la main droite trancher avec précision la baguette de pain. Je regardais, je ne me lassais pas. Il y avait quelque chose d'infiniment réconfortant à observer mon père, qui tous les matins effectuait les mêmes gestes sans ressentir le regard de petite fille, puis de jeune fille, posé sur lui : il ne savait pas combien, pour moi, le regarder accomplir ces gestes me procurait la même douceur que si je m'étais laissée aller à poser ma tête contre son épaule. Je sentais son parfum, Vétiver de Guerlain, celui que je lui avais toujours connu, celui qui était devenu l'odeur de mon père et que je ne pourrai jamais oublier. Mon père croyait que j'écoutais l'émission de radio, je n'en finissais pas de contempler son visage immobile, attentif. Un matin, perdue dans mes rêveries, j'avais vu tout à coup mon père redresser la tête et s'exclamer : « Tu as entendu ces âneries ! Non mais tu as entendu, Alice ! Ils racontent vraiment n'importe quoi, parfois ! » J'avais sursauté, fière que mon père ait eu envie, soudain, de me prendre à partie, fière mais effrayée, puisque je n'avais rien écouté et n'avais pas la moindre idée de l'ânerie qui venait d'être proférée. Je m'étais rapidement ressaisie et j'avais articulé, en le regardant droit dans les yeux, d'une voix que j'avais tenté de rendre aussi ferme que possible : « Oui, papa, c'est complètement idiot. » Mon père avait hoché la tête et je m'étais dit, honteuse mais émerveillée, que c'était peut-être simple, finalement, de faire semblant, avec les autres. Même avec un père.

Je passe une main par la fenêtre. Il fait chaud. C'est une belle journée.

Et je pense, dans le même temps, une évidence dans tant de lumière, que je vais revoir cet homme. C'est aussi simple que cela : je vais le revoir. Je n'ai pas le choix.

Le téléphone sonne : c'est Marianne qui tient à me féliciter pour les traductions. C'est un beau travail, le client est ravi, bravo. Je la remercie. J'ai envie de lui demander si elle s'est un peu reposée depuis hier mais je n'en ai pas le temps : déjà elle me parle d'un autre projet, il s'agit d'une entreprise familiale italienne, le document à traduire retrace l'histoire de l'entreprise, c'est un joli projet, m'assure Marianne qui n'a toujours pas compris qu'il est inutile de tenter de me convaincre de l'intérêt d'un projet, si je voulais de beaux projets je travaillerais sur des textes littéraires, pas pour une agence dont les clients sont exclusivement des entreprises. Je lui réponds oui. C'est parfait, me dit-elle, je t'envoie tous les documents aujourd'hui. Elle paraît satisfaite, moi aussi. Nous raccrochons.

Ma mère vendait-elle suffisamment de tableaux pour gagner sa vie ? A-t-elle eu besoin d'exercer un autre métier ? Était-elle dépendante financièrement de mon père ? A-t-elle eu de la reconnaissance ? A-t-elle souffert de ne pas en avoir assez ?

L'amour qu'elle a vécu avec cet homme a-t-il transformé sa peinture ? L'amour transforme-t-il une œuvre comme il bouleverse une vie, avec violence, avec douceur, refermant la vie d'avant, ouvrant sur un horizon plus vaste que ne l'ont jamais laissé entrevoir même les plus beaux rêves ?

Comment mon père a-t-il su ? En découvrant les nouvelles toiles ? En l'observant, elle ? Fuyante, soudain, distante, absente ? Lui a-t-elle tout avoué ? Que s'est-il passé ? Comment cela s'est-il passé ? L'un des deux a-t-il pleuré ? Ont-ils pleuré ensemble ? Était-elle déjà malade ? La mort était-elle proche ?

Où étais-je, moi, ce jour-là ?

J'aimerais croire que je n'étais nulle part. J'aimerais croire que je m'étais effacée, pour un instant, du monde des vivants. La petite fille n'existait pas. La petite fille était au paradis blanc.

Une après-midi entière pour écrire. Le livre va peut-être avancer. Je ne sais pas pourquoi j'ai toujours pensé que ce serait un livre pour enfants. Je crois que je me suis trompée : ce que j'écris ne s'adresse pas à des enfants. Non pas qu'ils ne pourraient pas comprendre : les enfants savent tout, très jeunes. Ils savent la gravité, la peur, l'abandon. Ils savent le bonheur, aussi ; la plénitude. Plus tard, l'expérience ne fait que confirmer les manques et les promesses.

Mais les mots que j'utilise ne sont pas des mots qu'on donne aux enfants : ils sont trop inachevés. J'aurais peur qu'ils laissent les enfants perdus.

J'écris sur un cahier bleu, un cahier d'écolier à grosse spirale. Je me souviens du temps où j'apprenais à écrire, où j'apprenais à lire, sur des cahiers qui ressemblaient beaucoup à ce cahier bleu. J'ai toujours aimé apprendre. Aujourd'hui encore, en écrivant, je crois que j'apprends. J'écris des mots, qui entraînent d'autres mots, qui entraînent des phrases, qui entraînent des images, qui entraînent des pensées, qui entraînent d'autres mots, et cela recommence. Je laisse le mouvement se faire, je laisse le livre s'écrire. Je crois que ce que j'éprouve ressemble à ce que doit éprouver l'oiseau qui, pour la première fois, s'envole : l'espace qui s'ouvre devant soi, immense. Le sentiment de liberté.

C'est au moment où j'écrivais la phrase « *Je suis entrée dans la maison et je l'ai regardée, elle était immobile* » que cela s'est produit. Pourquoi cette phrase, si simple pourtant, que recouvre-t-elle que je n'avais pas vu, est-ce le mot *immobile*, est-ce un son, qui en a appelé d'autres, puis d'autres encore, résonnant très loin en moi, là où je ne sais plus aller ? L'image a jailli, claire, précise. Où se cachait-elle, dans quel recoin obscur de ma mémoire, de mon corps ? Ma mère, le dos droit, immobile, assise à un piano. Le piano est noir, laqué, splendide, je suis agenouillée derrière ma mère, je ne distingue que son dos et sa nuque penchée, ses mains qui courent sur le piano. Je suis émerveillée, je retiens mon souffle, je me fais toute petite, j'ignorais que ma mère jouait du piano, de ça aussi mon père ne m'avait jamais parlé, surtout ne pas faire de bruit, ne pas déconcentrer ma mère, peut-être ne sait-elle pas que je me suis glissée derrière elle et que je l'écoute, je ne veux pas qu'elle disparaisse, je ne veux pas la perdre à nouveau, est-ce un souvenir ou un rêve, ai-je vécu cet instant ou suis-je en train de l'inventer, je ferme les yeux, je cesse d'écrire, la musique emplit la pièce, je vois le piano, je vois ma mère, son dos, sa nuque, ses mains, je vois ma mère mais je ne vois pas son visage, les larmes me montent aux yeux, je voudrais retenir cet instant, je voudrais que cela dure longtemps, que ma mère ne s'arrête pas de jouer, que la musique nous emporte toutes les deux, parce que c'est bon, c'est si bon d'être là, avec elle.

J'ouvre les yeux : il n'y a plus de piano, il n'y a plus de musique. Il n'y a plus rien. Après quoi suis-je en train de courir ? Des rêves ? Des souvenirs ? Des désirs ? Qu'y a-t-il de vrai dans tout ça ?

Ne subsiste qu'une sensation de chaleur dans mon corps. Je tends la main : j'aimerais toucher quelque chose. C'est idiot, bien sûr, il n'y a rien à toucher, pas de maman, pas de petite fille recroquevillée à terre. La pièce me paraît pourtant moins vide. Ou bien est-ce moi qui suis moins creuse ? L'écriture peut-elle redonner vie à ce qui n'est plus ?

L'après-midi s'achève. Je regarde par la fenêtre : le ciel est magnifique. Il ressemble au ciel des derniers instants de mon père, celui vers lequel j'ai eu besoin de me tourner après lui avoir fermé les yeux, celui qui m'a fait pleurer, alors que le corps sans vie de mon père ne m'avait pas fait pleurer, j'étais restée devant lui, interdite, hébétée, un long moment sans comprendre, qu'a donc la mort de si terrifiant, ce soir-là la mort m'a paru si simple, la mort c'est simplement la vie qui d'un coup s'est retirée, une longue et dernière vague, puis l'immobilité, la paix, je contemplais ce corps si tranquille, si calme, et je me demandais pourquoi il m'avait tant fait peur, pendant des années. J'étais restée sans réponse. Puis je m'étais retournée, j'avais avancé jusqu'à la fenêtre, entrouvert les rideaux, et la lumière rasante de la fin du jour m'avait éblouie. J'étais restée debout, un long moment sans bouger, jusqu'à ce que je sente les larmes couler sur mes joues, et je crois, oui, je crois que ce n'était pas la tristesse, c'était la stupeur devant ce ciel somptueux qui n'en finissait pas de brûler alors que, derrière moi, une vie venait de s'éteindre.

Quelle était la couleur du ciel le jour où ma mère est morte ? Mon père l'a-t-il contemplé comme j'ai eu besoin de le faire ? L'avons-nous contemplé ensemble, derrière une fenêtre, moi à côté de lui, toute petite, moi l'enfant de cinq ans, ignorante du vide qui venait de s'abattre sur nous ? Ou bien mon père m'avait-il confiée à des amis, loin de lui, loin du corps de ma mère ? Loin de ce qu'il croyait être l'objet de la douleur, alors que la douleur, la vraie, commencerait après, face au mutisme inexpliqué et terrifiant de mon père dans lequel lui et moi nous sommes lentement perdus, sans jamais pouvoir en sortir ?

Et lui, cet homme, où était-il ? Comment a-t-il appris que ma mère venait de disparaître ? Quand l'a-t-il appris ? Qu'a-t-il fait lorsqu'il l'a su ? Qu'a-t-il eu besoin de contempler pour rester debout ?

Je secoue la tête doucement : je n'ai pas envie d'imaginer la douleur sur le visage de cet homme. J'ai envie d'imaginer le sourire, le rire, le trouble. Le corps conserve-t-il des traces de l'amour ? Que reste-t-il de ma mère sur le corps de cet homme ? Que reste-t-il que je puisse toucher, recevoir ? Que reste-t-il que je puisse trouver ?

Je ne peux pas croire qu'il ne reste rien.

Je me lève, brusquement. La chaise tombe. Les larmes dans les yeux. La panique me reprend. Il faudrait que je crie. Il faudrait que je coure. Je ne peux pas. Je peux à peine respirer. Je peux à peine tenir debout. Si je pouvais ouvrir une fenêtre, me pencher au-dehors, respirer l'odeur de l'été... Oublier, oublier... Oublier tout ce que je ne sais pas.

Je ne vais pas à la fenêtre. Je ne bouge pas. Je retiens mes larmes. Pourquoi, maintenant que cet homme est apparu dans ma vie, le vide me paraît-il encore plus insupportable ? Comme si, désormais, ma mère était redevenue très proche, plus proche que dans mes rêves, plus proche que dans les rares images que j'ai conservées d'elle, presque là, à portée de main, à portée de caresse, presque là et définitivement absente ? Définitivement perdue ? Ce qui demeure de ma mère, aujourd'hui, c'est l'autre, celui qu'elle a aimé, celui qui est resté. Mais d'elle, de la femme qu'elle a été, de son corps, de sa chair, il n'y a plus rien. Il n'y aura jamais rien.

Est-ce que je me trompe ? Peut-être faudrait-il que je renonce ? Peut-être faudrait-il que je me dise que je ne trouverai jamais rien d'elle ? Accepter que ce vide définisse ma vie, pour toujours ? Mais comment, sur le vide, construire le plein ?

Moi, je ne sais pas. Ce sont les magiciens qui savent : ils font lentement tournoyer leur chapeau noir devant vos yeux, ils vous regardent, ils n'ont pas peur : ce sont des dieux. Le chapeau noir est vide, ils vous l'ont montré, et soudain, devant vos yeux éblouis, une colombe apparaît. On sursaute. On rit. On est émerveillé.

Personne ne m'a enseigné la magie. Personne ne m'a appris à ne pas avoir peur.

Je range mon cahier bleu. Mes mains tremblent encore. Je m'efforce de respirer calmement. J'ai écrit. J'ai refoulé mes larmes : pour un peu, je serais fière.

Je m'approche du téléphone : j'ai envie d'appeler Hannah. Entendre sa voix. La sentir proche.

Je compose le numéro. Elle répond aussitôt. Je souris : elle a la voix joyeuse d'une femme heureuse. Je l'écoute. Elle ne me pose aucune question. Elle me raconte sa journée, ses enfants, son métier – Hannah est institutrice. Elle a une voix mélodieuse, apaisante. J'aime qu'elle ne me demande rien. Elle sait pourquoi je l'appelle : elle sait que, parfois, la solitude ne peut pas se dire mais ronge le corps. Elle sait que je ne lui raconterai pas les derniers instants de mon père. J'aime Hannah pour ça : tout ce qu'elle sait de moi sans que je le lui dise, sa délicatesse, sa légèreté. Son absence d'intrusion et sa capacité à être là. D'où vient ce sentiment si fraternel entre nous ?

– J'ai rencontré un homme.

Les mots ont jailli, imprévus. Je n'avais pas pensé à eux.

– Oh ? Tu es amoureuse ?

Je ris. C'est bon de rire.

– Non, pas amoureuse. Ce n'est pas un homme dont je suis tombée amoureuse. C'est un homme qui a connu ma mère.

J'attends un petit peu puis j'ajoute, à voix basse, j'ose à peine prononcer les mots :

– Un homme qui a aimé ma mère.

J'ai le cœur qui bat comme si je parlais de moi.

Elle se tait. J'attends : j'ai peur de ce qu'elle va me dire. J'ai peur qu'elle s'inquiète.

Puis j'entends sa voix, très douce :

– C'est ton père qui t'a parlé de lui ?

– Oui.

– Quand ? à la fin ?

– Oui.

Je tremble, soudain. Je prononce, trop vite :

– Je suis allée le voir hier soir. Il habite Paris. Il a rencontré ma mère un an avant sa mort.

Et, comme Hannah ne dit rien, je murmure encore :

– Je n'avais pas le choix, Hannah. Il fallait que je rencontre cet homme.

– Je comprends.

Elle a prononcé les mots avec conviction. Je ferme les yeux. Je souris : je suis heureuse qu'Hannah comprenne.

– Tu veux me raconter ?

– Non, pas maintenant. Plus tard, peut-être. Maintenant, je ne pourrais pas. Je ne saurais pas quoi dire. Je ne sais pas vraiment ce qui s'est passé.

Nous nous taisons à présent. J'entends, derrière elle, le gazouillis d'une petite fille. Ce doit être Louise, sa petite fille de deux ans.

– Alice…

– Oui ?

– Ça va aller ?

– Oui, ça va aller. Je crois que ça va aller.

– Viens dîner à la maison, cette semaine.

– Non, pas cette semaine, Hannah. Bientôt, mais pas cette semaine.

– Tu vas le revoir ?

– Oui.

La petite Louise se fait plus insistante : elle réclame sa maman. Je songe à la vie d'Hannah, avant, lorsqu'elle n'avait pas d'enfants. Je songe à nos fous rires, je songe à mes premiers pleurs devant elle, un soir au restaurant, elle était passée me chercher chez moi et elle avait croisé mon père, il s'en allait, il était venu prendre un thé, moi qui n'ai jamais aimé le thé avec mon père j'en ai bu de toutes les sortes, thé de Chine, thé de Ceylan, thé vert, thé au jasmin, thé à la menthe, thé à la cannelle, Hannah et lui s'étaient retrouvés face à face, Hannah qui arrivait, rayonnante, mon père qui repartait, silencieux, en la voyant il avait sursauté, murmuré en détournant les yeux un bonsoir dont je n'avais su s'il s'adressait à Hannah ou à moi, comme si la beauté d'Hannah lui faisait mal, et je m'étais demandé, l'espace d'un éclair, si ma mère n'avait pas ressemblé à Hannah, si ce n'était pas pour cette raison, ignorée de moi mais que mon corps n'avait pas oubliée, que je me sentais bien auprès d'elle. Mon père avait refermé la porte, bien sûr je n'ai jamais eu la réponse à ma question, lui et Hannah ne se sont jamais revus, et je ne possède aucune photo de ma mère : mon père les a toutes jetées (ou cachées ? le saurai-je un jour ?) après sa mort.

Une heure plus tard, dans un petit restaurant grec, je pleurai soudain, pour la première fois, devant Hannah. Elle avait pris ma main et l'avait serrée.

– Je te laisse me rappeler, alors.

– Oui, promis. Je t'embrasse.

– À bientôt, Alice.

Si un jour j'aimais un homme, si je vivais avec lui, si je connaissais ce bonheur-là, et si, soudain, cet homme venait à disparaître : que ferais-je ? Aurais-je besoin, comme mon père, d'effacer toutes les traces de notre amour, de ce que nous avons été l'un pour l'autre, de ce que nous avons vécu ? Mon père a-t-il effacé les traces de ma mère parce qu'elle avait aimé un autre homme ou parce qu'elle était morte ? A-t-il pensé qu'en effaçant tout, il effaçait aussi la trahison ? Il effaçait l'amant ?

En pensant cela je ne peux m'empêcher de me demander : et moi, alors ? Qu'en faisait-il ? Aurait-il voulu que je m'efface à mon tour ? Ne savait-il pas qu'en effaçant ma mère il effaçait aussi une part de moi ?

Ou bien a-t-il tout effacé pour contenir la douleur, pour ne pas se laisser submerger par elle ? Pour oublier ? Ne pas penser, ne pas se souvenir, s'anesthésier. Se croire sans passé. Léger, léger.

À moins qu'il n'ait cru que sur un terrain vierge, propre, déblayé, on pouvait recommencer une vie. Oui, peut-être a-t-il eu cet espoir fou : pouvoir aimer à nouveau. Il s'est trompé : il n'y a pas eu d'autre vie. Il y a simplement eu la sienne et la mienne, enchevêtrées, vacillantes, précipitées dans un tunnel dont nous n'avons jamais réussi à trouver la sortie. Mon père est mort enfermé. Moi, je voudrais m'échapper. Connaître la sensation de l'air sur mon corps. La vie en mouvement. La liberté.

Si un jour j'aimais un homme, s'il venait à disparaître, je sais bien que ma mémoire peu à peu nous trahirait, qu'elle effacerait des images, des instants, des paroles. Mais moi, je n'effacerai rien. Tant que les traces seront là, je viendrai les contempler. Je m'en émerveillerai.

Dites-moi comment vous vous êtes aimés. Dites-moi où vous vous êtes embrassés la première fois. Chez vous ? Dans la rue ? Dans un jardin ? Aviez-vous attendu longtemps ? Aviez-vous essayé de lutter contre votre désir ? Qui, d'elle ou de vous, a osé le premier geste ? Avez-vous eu envie de pleurer ? Avez-vous eu envie de rire ? Qu'a-t-elle dit, juste après ? Est-elle restée silencieuse ? Où êtes-vous allés ensuite ? Vous êtes-vous quittés ? Vous êtes-vous aimés ? Est-elle rentrée plus tard que d'habitude à la maison ? Avait-elle peur ? Vous a-t-elle dit qu'elle était heureuse ?

Pourquoi vous êtes-vous aimés ? Quelles étaient vos vies, avant cet amour ? Des vies paisibles ? Douces ? Des vies fragiles ? Étiez-vous marié ? Aviez-vous des enfants ? Manquait-il quelque chose que cet amour-là est venu combler ? L'amour a-t-il révélé un manque ?

Un amour fou peut-il naître dans une vie heureuse ?

L'amour peut-il tout combler ? Peut-il combler le manque premier ? Moi qui cherche ma mère depuis l'enfance, moi dont la vie ressemble à une course lente et éperdue, moi qui n'ai plus rien de l'odeur, ni du corps, ni de la voix de ma mère, pourrai-je un jour aimer, et être comblée par cet amour ?

Je claque la porte de l'appartement, les questions tournent et retournent dans ma tête, obsédantes, je ne sais pas les chasser, je ne veux pas les chasser, elles m'appartiennent, elles définissent ma vie, son mouvement, sans elles que resterait-il de moi, peut-être rien, les autres ont-ils aussi besoin de questions pour continuer à vivre, moi je ne sais pas faire autrement, pendant des années il n'y a eu qu'une question, une seule, *qui était ma mère*, c'était une question dévorante, terrifiante, une question qui ressemble au blanc aveuglant de certains flashs, une question qui annulait tout le reste, depuis que mon père a parlé la question s'est transformée, elle s'est démultipliée, elle a pris mille facettes, ma mère a pris le visage de l'amour, ma mère a pris le visage du désir, ma mère a pris le visage d'un autre homme, ma mère a pris le visage d'une femme. Le mouvement bleu est devenu une femme.

Et moi, je me demande soudain ce que veut dire aimer.

Il y a eu des hommes. J'ai été heureuse avec l'un d'eux. Nous avons vécu quelques mois ensemble, un peu moins de deux années. C'est court. Mais, au regard de ma vie fragmentée, c'est long. Il m'aimait. Il me le disait. Il aimait me faire l'amour. Moi aussi. J'avais envie de son corps. J'avais envie de ses caresses. Je découvrais ce que c'était que désirer quelqu'un. Parfois, pour un rien, alors que nous prenions un verre, ou que nous discutions, ses yeux soudain se remplissaient de larmes. C'est rare, un homme qui pleure. J'étais bouleversée. Nous nous taisions. Je me demandais pourquoi il m'aimait. Je craignais, au fond de moi, qu'il ne se trompe : comment pouvait-on m'aimer autant ? Que savait-il de moi ? De mes déroutes ? De mes défaillances ? Je n'osais pas le lui dire : je ne voulais pas qu'il émerge brutalement du rêve. Je ne voulais pas qu'il m'abandonne. Un jour, c'est moi qui suis partie. Il n'y a pas eu d'explication. Je n'en avais pas.

Depuis, j'écris. J'ai remplacé la possibilité de l'amour par la possibilité de l'écriture. J'ai peur, aussi, mais c'est une autre peur : je sais que l'écriture ne m'abandonnera pas. J'ai même l'espoir fou qu'elle me comble. Qu'elle comble les vides. Qu'elle comble l'enfance. Je ne veux pas croire un instant que je me trompe. D'une certaine manière, je sais que je mets ma vie en jeu.

Ma mère avait choisi de peindre, j'ai choisi d'écrire. Elle avait choisi le mouvement, la matière, la couleur, j'ai choisi les mots, le son, le noir et blanc. Je ne sais pas dessiner. À l'école, j'étais la plus mauvaise en dessin. Lorsque les enfants d'Hannah me demandent de leur faire un dessin, j'éprouve toujours une légère panique devant la grande feuille blanche : je me sens incapable. Pas même un bonhomme, une voiture, un arbre. Je me sens empêchée, comme s'il m'était impossible de reproduire quoi que ce soit du monde qui m'entoure. Comme si j'y étais trop étrangère. Ma mère écrivait-elle ? A-t-elle écrit des lettres à mon père ? A-t-elle écrit à cet homme ? Ou bien était-elle incapable d'écrire la moindre phrase ? Sommes-nous à ce point proches que nous ne pouvons empiéter sur le territoire de l'autre ?

J'arrive aux abords de la Bastille. Les rues sont pleines de monde. Parisiens et touristes se fondent dans une effervescence joyeuse. Je marche lentement, beaucoup plus lentement que le flot humain. J'aime voir les autres s'agiter ainsi, se hâter, se retrouver. Les rues sont étroites, je me fais bousculer. Autour de moi, des voix, des rires, des cris. Est-ce parce que c'est l'été ? Il y a de la légèreté dans l'air. La tête me tourne un peu. C'est agréable : j'ai l'impression de me réveiller, de sortir d'un long sommeil.

Hannah n'habite pas très loin. Nous venons souvent boire un verre par ici, un peu plus tard, lorsqu'elle a couché ses enfants : nous nous retrouvons pour quelques heures, nous parlons, nous nous racontons nos vies, nos rêves, nous rions, ce sont des instants heureux, des instants où la vie me paraît très simple, très claire. La dernière fois que nous nous sommes vues, c'était au mois de juin. Mon père était couché depuis une semaine. Je pensais qu'il était simplement fatigué. Je n'ai pas vu la mort venir. On ne croit jamais à la disparition de ceux qu'on aime. Hannah était bronzée, radieuse : elle revenait du Maroc. Nous avions passé une belle soirée ensemble.

Depuis, mon père est mort. J'ai l'impression que le mois de juin appartient à un autre temps.

Un homme s'approche : grand, brun, le visage long et mince. Il me demande si j'ai du feu. Il a un léger accent que je ne sais identifier. Polonais, peut-être. Je lui réponds non. Il ne s'éloigne pas tout de suite, ses yeux s'attardent sur mon visage, sur mon cou. Je souris. Je lui réponds non une deuxième fois en secouant la tête. Cette fois, c'est lui qui sourit. Je le regarde s'en aller. Je me demande à quoi tiennent les rencontres.

Je ne sais pas où je vais : j'avance, au hasard des rues. J'avance, tiédeur de l'air sur mes bras nus, sur mes épaules, dans mon cou. J'ai l'impression de voler du temps, du temps à qui je ne sais pas, à moi peut-être, j'aime cette sensation, douce et imprécise, je chuchote le prénom de ma mère, Blandine, puis celui de cet homme, Emmanuel, puis le mien, Alice, je trouve qu'ils vont bien ensemble, Blandine, Emmanuel, Alice, je les répète plusieurs fois, sans m'interrompre, je les enchaîne, bientôt ce ne sont plus trois noms mais un seul, Blandinemmanuelalice, un seul nom doux et mystérieux pour trois vies liées, trois vies éclairées par une même lumière, puis à regret je les sépare, nous redevenons trois, Blandine, Emmanuel, Alice, trois vies éclatées, je ralentis mon pas, le soir tombe, bientôt ce sera la nuit, une belle nuit d'été, j'avance et je ne suis pas triste.

Avant, je savais toujours où j'allais : je ne sortais jamais sans but précis. Rien n'était laissé au hasard. Comment aurais-je pu ? J'avais tant l'impression que ma vie se dérobait, que je ne pouvais lui appartenir totalement, comme si elle et moi étions dissociées, légèrement, très légèrement mais suffisamment pour que je me sente égarée, que jamais je n'aurais consenti à laisser davantage d'incertitudes m'envahir. Même le temps d'une promenade. Lorsque la vie est fuyante, lorsque la vie fait peur, on évite avec soin les errances, on recherche la consistance rugueuse du réel. On veut se persuader que celui-ci, avec ses cadres bien définis, nous protège.

Mon père est mort, ma mère a aimé un autre homme, la vie est vaste, plus vaste que je ne le croyais, ma mère, en aimant un autre homme, a largué les amarres, elle a préféré l'odeur puissante et entêtante du large à la douceur d'un rivage, que cherchait-elle, qu'a-t-elle perdu, qu'a-t-elle trouvé, Blandine, ma mère, maman, je ne saurai sans doute jamais qui tu as été mais il me semble reconnaître cet appel vers le large, comme s'il faisait écho chez moi avec quelque chose de très familier, de très intime, de très connu depuis longtemps, moi qui pendant des années ai vécu aux côtés d'un père que le moindre abandon effrayait, moi qui pendant des années ai été incapable de définir un rêve, un désir, ce soir soudain je ferme les yeux et j'ai l'impression d'avancer vers toi, lentement, et, dans cette lenteur, d'apprendre à te connaître. C'est un sentiment nouveau. Cela ressemble à des chaînes qu'on brise et, pourtant, c'est infiniment doux.

Ce soir, je ne verrai pas Hannah. Je ne verrai personne. Cela n'a pas d'importance : je ne me sens pas seule.

Je pense à cet homme. Que fait-il en ce moment ? Est-il chez lui ? Est-il en train de dîner ? Est-il seul ? Est-il avec une femme ? Est-il amoureux ? Les amours se ressemblent-elles ?

Pense-t-il à ma mère ? Pense-t-il à moi ? A-t-il envie de me revoir comme j'ai envie de le revoir ?

Bonsoir, c'est Emmanuel Basini. Il n'y a qu'une seule Alice Grangé dans l'annuaire… J'ai pensé aujourd'hui à quelque chose qui pourrait peut-être vous intéresser. Rappelez-moi quand vous le pouvez. Je suis chez moi ce soir.

J'ai écouté le message une dizaine de fois. Je laisse la voix envahir l'appartement. Ainsi, lui aussi a pensé à moi. Lui aussi a cherché quelque chose. J'ai le cœur qui bat et je demeure immobile, j'attends. Je n'ai pas posé mon sac, je n'ai pas allumé la lumière. La chambre est plongée dans la pénombre. Je me sens bien dans cette obscurité : j'ai l'impression d'être, enfin, sur un chemin, et d'avancer. Je ne m'y attendais plus.

Puis, je ne sais pas combien de temps a passé, mon cœur bat moins vite, j'allume une lampe, la lumière est faible, on y voit à peine, c'est bien ainsi, je me dirige vers le téléphone. Ne pas penser, ne pas penser : si je pense, je vais avoir peur ; si j'ai peur, je n'appellerai pas.

Je compose le numéro. J'attends. Je fixe le mur en face de moi. Il décroche à la quatrième sonnerie.

– Bonsoir, c'est Alice Grangé.

Ma voix, un souffle que je reconnais à peine. M'a-t-il entendue ?

– Bonsoir. Je suis heureux que vous m'appeliez. Je crois que j'ai quelque chose pour vous. Ça peut attendre, bien sûr. Quand pourriez-vous passer ?

– Je peux maintenant.

– Maintenant ?

Un bref silence. Mon visage est brûlant, je ferme les yeux. Que fait-il ? Peut-être regarde-t-il sa montre. Peut-être évalue-t-il le temps qu'il me faut pour arriver chez lui. Je ne sais pas quelle heure il est : dehors, il fait presque nuit.

Sa voix, ferme soudain :

– C'est bien, venez maintenant. Je vous attends.

– Oui. J'arrive.

Je raccroche. Je reste quelques instants recroquevillée à terre, immobile, les bras autour de mes genoux, comme le font les enfants. J'entends les battements de mon cœur. Tout est silencieux. Je me sens bien : j'ai l'impression d'être au plus près de moi.

Puis je me relève, je prends mon sac, j'éteins la lampe, je sors de chez moi. Je descends les escaliers sur la pointe des pieds. Je me sens légère. Je suis impatiente.

Il a dit : je vous attends.

Je marche vite. Je pense à ma mère. C'est difficile de penser à sa mère alors qu'on ne la connaît pas. C'est difficile de penser à quelqu'un qui vous échappe sans cesse. Je pourrais me tromper : ce que je crois être une pensée vers ma mère pourrait n'être qu'une pensée vers moi, ou une pensée vers l'amour. Pourtant, je suis sûre que c'est bien elle, ma mère. Ce à quoi je pense ressemble à une lumière que je ne parviens pas à attraper : elle se dérobe.

Les mères portent leur enfant. J'ai l'impression de porter ma mère : j'ai l'impression qu'elle est là, quelque part, au creux de moi. Ma mère, qui m'a donné la vie. Ma mère, que j'ai perdue, et que je garde en moi. Je me demande soudain : si ma mère n'était pas morte, aurais-je su ce qu'est une mère ? L'aurais-je mieux su ? Moi qui ai connu mon père, qui ai vécu avec lui pendant plus de vingt ans, qui ai été si proche jusqu'à en partager la souffrance silencieuse, nous qui n'avions pas besoin de nous parler pour connaître la solitude qui habitait l'autre, est-ce que je sais ce qu'est un père ? Non, je crois que je ne le sais pas. Je ne pourrais pas dire ce qu'est un père. Je ne pourrais pas le définir. La seule chose que je pourrais dire, c'est : mon père a été l'homme dans l'ombre duquel j'ai grandi, mon père a été l'homme qui ne m'a jamais prise dans ses bras et que j'ai tant aimé, mon père a été l'homme sans lequel je n'aurais pas su tenir debout. Mon père a été l'homme qui, parce que nous n'avons jamais rien su nous dire, m'a tant donné envie d'écrire.

Est-ce que ça ressemble à un père, ça ? Non, je ne le crois pas. Je ne crois pas que les autres pères puissent se définir ainsi. On ne connaît rien d'universel : on ne connaît que ce qui nous a traversé.

Je marche de plus en plus vite. En traversant une rue, je manque de trébucher. Impression de tomber dans tes bras. Sans doute est-ce le trouble, ou le vertige, ma course dans la nuit qui commence. Où es-tu, maman ? Où es-tu ? Courais-tu toi aussi pour rejoindre l'homme que tu aimais ? Comment faisais-tu ? Qu'inventiez-vous pour vous retrouver ? À quoi pensais-tu entre le moment où tu quittais mon père et celui où tu embrassais cet homme ? Peut-être ne pensais-tu à rien ? Peut-être refusais-tu de penser ? Peut-être avais-tu envie de pleurer ? Étais-tu heureuse ?

Pensais-tu à moi ?

Vous ne vous êtes connus que quelques mois. Puis tu es morte. Lorsque tu avais mon âge, trente ans, il ne te restait qu'un an à vivre. Tu ne le savais pas. Tu pensais, peut-être, que la vie devant toi était sans limites. Tu es tombée amoureuse, comme on dit. Tombée... Est-ce qu'on tombe, vraiment, lorsqu'on aime ? Est-ce qu'on tombe, ou est-ce qu'on s'élève ? La chute, ou l'envol ? La boue, ou le ciel ? Tu es tombée amoureuse, tu as aimé, la vie, sans doute, t'est-elle apparue encore plus immense, encore plus vaste, encore plus belle. Puis tu es morte.

Le temps ne sait pas mesurer la vie : on peut vivre longtemps et ne pas s'éprouver vivant. Certaines musiques, parce qu'elles m'ont emportée, m'ont fait entrevoir ce que la vie avait de large et d'infini, de fragile et d'unique, d'irrévocable, d'éternel. Toi peut-être, en aimant, tu as connu cela : la sensation vertigineuse de l'éternité. L'instant détaché de tout, détaché du temps.

Je suis en bas de chez lui. Mon père et ma mère s'effacent, redeviennent des ombres. Ne reste plus que moi, Alice. Ne reste plus que moi.

Je sonne.

À l'interphone, sa voix me précise une nouvelle fois : « Troisième étage. » Je n'avais pas oublié... J'entends le déclic, je pousse la porte, elle s'ouvre. Je monte les escaliers. Je ne croise personne. Je n'entends aucun bruit. C'en est presque irréel.

Il se tient dans l'embrasure de la porte. En gravissant les dernières marches, je distingue sa silhouette : elle se découpe dans la pénombre. Je crois qu'il me regarde monter. Je baisse les yeux puis, très vite, les relève.

Tous les deux, nous nous regardons nous rapprocher l'un de l'autre. J'essaie de ne penser à rien. C'est un temps long, très long. J'ai l'impression que mon corps est traversé par un courant glacé et brûlant.

Je suis devant lui. Son visage, grave, s'éclaire soudain, et me sourit. Quelque chose monte en moi, presque violent, comme si mon cœur débordait de quelque chose. À mon tour, j'essaie de lui sourire.

– Bonsoir.

En guise de salut, je hoche la tête : il m'est impossible de prononcer le moindre son.

– Entrez.

Pénétrer chez quelqu'un a quelque chose de très intime. Non seulement parce qu'on découvre le genre d'appartement, le mobilier, les objets que la personne a choisis. Mais aussi, à cause de l'odeur, de la présence ou non de désordre, de papiers, de livres, de disques, de vêtements, que le regard, qui ne sait dans un premier temps où se poser, surprend malgré lui.

J'aime l'odeur de ce lieu. Je m'y sens bien.

– Vous voulez boire quelque chose ? Un verre de vin ?

J'acquiesce. Il disparaît dans la cuisine. Je pose mon sac à terre. Je m'approche de la fenêtre devant laquelle il se tenait, lors de notre première rencontre. Elle donne sur une cour assez grande. Les balustrades sont peintes en bleu foncé. En face, une fenêtre est entrouverte. La pièce est éclairée. Je distingue une silhouette, debout, qui va et vient. Aucun bruit ne me parvient : ni musique, ni son de voix.

– Tenez.

Je sursaute : je ne l'avais pas entendu s'approcher. Il se tient juste derrière moi, à quelques centimètres de mon épaule. Je me retourne, vaguement confuse.

– Je regardais sur quoi vous donniez…

– C'est un immeuble calme. J'habite ici depuis quatre ans. J'aime le quartier : c'est vivant, animé, comme on dit.

J'ai envie de lui demander : que s'est-il passé il y a quatre ans ? Pourquoi avez-vous déménagé ? Où étiez-vous avant ? Avec qui habitiez-vous ?

Je ne demande rien. Je porte le verre à mes lèvres. Je remarque la chemise blanche, le pantalon en coton beige, les chaussures d'été dans lesquelles il est pieds nus. Je bois un peu plus vite. Le vin coule dans ma gorge.

– J'ai beaucoup pensé à vous depuis hier soir.

Il ne me regarde pas. Moi, je le regarde. Je regarde son visage. Je regarde sa bouche. Je regarde ses yeux. Ses yeux sont brillants. Ils fixent quelque chose que je ne vois pas.

– Je n'ai pas pu dormir la nuit dernière. Je suis resté ici, dans le salon, tard. J'ai pensé à un tas de choses… Je ne sais pas comment vous dire tout ça… Il y a une phrase en particulier, que vous m'avez dite… qu'il ne vous restait rien d'elle… Vous savez, votre mère a disparu de ma vie aussi brutalement qu'elle y était entrée : je ne l'ai connue qu'un an. Puis elle est tombée malade. Entre le moment où j'ai su qu'elle était malade et sa mort, trois semaines à peine se sont écoulées. Au cours de ces trois semaines, nous ne nous sommes pas vus. On s'est appelés une fois. Le coup de fil a duré deux minutes : votre père n'était pas loin. Je n'oublierai jamais...

Il se redresse brusquement. Ses yeux se plantent dans les miens.

– Ce que je voulais vous dire, c'est que moi aussi, quand votre mère est morte, j'ai eu le sentiment d'avoir tout perdu. Nous nous aimions en secret... Personne n'était au courant, pas même mon plus proche ami. Je ne pouvais parler d'elle à personne. C'était à croire qu'elle n'avait été qu'un rêve, qu'elle et moi, ça n'avait pas existé. C'est pour ça... Lorsque vous m'avez dit que vous ne saviez plus si les images qui vous restaient d'elle étaient bien réelles, ou si c'est vous qui les aviez inventées... Je me suis souvenu avoir éprouvé cette même peur.

Il craque une allumette, allume une cigarette. À nouveau, ses yeux ne me regardent plus.

– Mais en fait, c'était faux, je n'avais pas tout perdu : Blandine m'avait offert deux toiles. Vous savez, je ne crois pas aux souvenirs : les souvenirs, ça devient plus beau que ce qui a été, ou moins beau, on ne sait plus. On en perd tant... Ça transforme tout... Et puis c'est violent, ça vous dévore… Les tableaux, ça ne bouge pas. Ça reste tel que ça a été. Ça ne triche pas. Je voudrais vous en donner un.

Je reste une seconde interdite. Je n'ai pas le temps de réfléchir. Déjà, il reprend :

– Ce sont des toiles qu'elle a peintes après notre rencontre. Vous en avez certainement beaucoup chez vous, mais je crois que celles-ci ne ressemblent pas aux autres. J'ai pensé que cela vous ferait plaisir.

Je baisse la tête vivement : je ne veux pas qu'il me voie rougir. Je ne veux pas qu'il sache que je n'ai jamais vu aucun tableau de ma mère. Je ne veux pas qu'il sache combien j'en ai honte.

Sa voix me parvient, plus douce et lointaine, comme si, entre lui et moi, il y avait une invisible paroi de verre :

– Dites-moi si ça vous fait plaisir, Alice.

Je hoche la tête lentement.

– Ça me fait très plaisir.

Le son s'étouffe dans ma gorge. Je suis toute petite soudain. Je suis une enfant. Je ne comprends pas très bien ce qu'on me dit. On me parle d'un cadeau. On me parle de ma mère.

Je hoche la tête une deuxième fois, pour ne pas me trahir.

Je suis restée seule. J'ai entendu, comme dans un songe, l'homme se lever pour aller chercher les toiles. Je regarde le tissu noir de mes sandales. Je crois que je pourrais rester des heures ainsi, perdue dans la contemplation de ce noir qui brille doucement. Ma main gauche tremble. Je m'efforce de réprimer le tremblement. Je m'efforce de savoir attendre. Ne pas penser à la peur que j'éprouve de découvrir devant lui, pour la première fois, ce que ma mère peignait.

Je pense à mon père, soudain : par quel geste insensé a-t-il pu faire disparaître toutes les toiles ? Comment a-t-il pu se tromper autant ? Fallait-il que la douleur soit si violente ? L'a-t-il regretté, après ? S'il était resté ne serait-ce qu'un tableau de ma mère à la maison, si j'avais pu, durant l'enfance, poser les yeux, chaque soir, chaque matin, sur ce tableau, ma vie aurait-elle été différente ? Mon père et moi aurions-nous su davantage nous parler ? Aurions-nous été moins maladroits l'un envers l'autre ? Aurais-je eu autant besoin de courir après ma mère ?

Je redresse la tête : il avance vers moi, portant une toile qui me paraît immense. Il la pose contre le mur, en face de moi. Puis il recule de quelques pas, jusqu'à ma hauteur.

– Voici la première. Je crois que c'est le plus grand format qu'elle ait peint.

Je dirige mon regard vers la toile. D'abord, je ne distingue rien : mon trouble est si grand que mes yeux ne voient rien, qu'une immense tache de couleur. Tout tangue autour de moi, comme si j'étais en pleine mer et qu'autour, c'était la tempête. J'aimerais m'agripper à quelque chose. Je referme les yeux, puis, très lentement, je les ouvre à nouveau : cette fois, la tache de couleur me paraît moins effrayante. Je peux la regarder.

C'est un paysage de mer, d'une simplicité confondante : la mer s'étend, bleue, vaste, calme. De part et d'autre, s'enfonçant loin dans l'eau, des roches rouges. C'est tout, il n'y a rien d'autre : ni baigneurs, ni corps étendus sous le soleil, ni bateaux. Les dimensions du tableau doivent approcher les deux mètres sur trois. Je me perds dans la contemplation de ce bleu que rien ne semble pouvoir troubler. Cela ressemble à une image du bonheur.

– Votre mère aimait la Méditerranée. Je crois qu'avec votre père, elle y allait régulièrement. Elle s'y sentait bien. Elle a peint ce tableau après deux semaines de vacances passées en famille dans l'Estérel.

Je cherche, à toute vitesse : je n'ai aucun souvenir de vacances dans l'Estérel. Je n'ai aucun souvenir de vacances au bord de la Méditerranée. Sensation d'un souffle glacé le long de ma colonne vertébrale. La tête me tourne un peu : où étais-je, pendant ces vacances ? Mes parents m'avaient-ils laissée quelque part, confiée à de la famille, à des amis, afin de passer deux semaines en tête à tête ? Peut-être mon père avait-il deviné que ma mère s'éloignait, peut-être ces vacances avaient-elles été une tentative de reconquête ? Deux semaines, c'est long pour un enfant. J'avais dû me languir d'eux. Ils avaient dû me manquer. Comment ai-je pu oublier ?

À moins qu'ils ne m'aient confiée à personne, et que nous ayons passé tous les trois deux semaines de vacances, près des roches rouges, au bord de la Méditerranée. J'ai peut-être alors découvert la mer, la joie du corps dans l'eau, les vagues, le goût du sel sur la peau. Peut-être ma mère me prenait-elle dans ses bras pour que je n'aie pas peur, peut-être poussais-je de petits cris, comme le font souvent les enfants dans la mer, parce que se retrouver dans cette immensité bleue est à la fois un effroi et un éblouissement. Moi qui aime tant la mer, qui aime tant la contempler, des heures durant, sans m'en lasser, parce que tant de beauté m'apaise, et aussi parce que je sais que, des années après ma mort, la mer sera encore là, toujours là, allant et venant, venant et mourant, et venant à nouveau, et que d'autres s'en émerveilleront, comme je m'en suis émerveillée, moi qui aime tant la mer, qui aime tant m'y baigner aussi, sentir mon corps redevenir léger dans l'eau, le mouvement des vagues, les courants, certains froids, d'autres chauds, moi qui aime tant tourner et retourner mon corps dans l'eau lorsque je suis déjà loin, vers le large, lorsque plus aucun bruit de la plage ne me parvient, et faire la planche, et ne plus rien entendre, les oreilles sous l'eau, je n'entends rien mais je vois le ciel, immense au-dessus de moi, immense et qui m'enveloppe, ai-je tant aimé la mer parce que mon corps se souvient de ce que j'ai oublié, mon corps de petite fille blotti contre la peau de ma mère, blotti et heureux, certainement heureux, puisque rien de grave alors ne pouvait m'arriver ?

– Je me souviens du jour où elle m'a offert ce tableau. Elle est arrivée chez moi dans une camionnette blanche que lui avait prêtée un ami. La toile ne rentrait pas dans sa voiture... Elle n'avait pas réussi à se garer : c'est moi qui ai dû le faire. C'était un jour de mai. Mai 1980.

Mai 1980. J'avais quatre ans. Où étais-je ce

jour-là ? À l'école ? À la maison ? Avais-je vu ma mère partir en camionnette ? M'avait-elle embrassée juste avant ? Faisait-il déjà chaud ? Ma mère préférait-elle, comme moi, l'été à l'hiver ?

Mai 1980. Un an plus tard, Mitterrand arrivait au pouvoir. Ma mère était morte depuis six mois. On ne me l'avait pas dit. Je l'attendais tous les jours. Je ne comprenais pas. Je m'affolais en silence.

Je tourne mon visage vers l'homme : adossé au mur, il est immobile, le regard fixé sur le tableau. Je me demande à quoi il pense : à ce jour de mai ? À la façon dont ma mère lui avait offert le tableau ? À ce qu'il avait ressenti ? De quoi se souvient-il exactement ?

Comme s'il devinait mes pensées, il prononce, doucement :

– Elle m'a dit : « Tiens, voilà, il est pour toi, il faudra que tu te débrouilles pour lui trouver une place. » Nous nous connaissions depuis six mois.

Puis, tout bas, comme pour lui-même :

– Il y a des images qui restent.

Je ferme les yeux. Je me dis qu'il faudra que je retienne chacune de ses paroles. Ne rien oublier, cette fois. Ne rien oublier.

– Attendez-moi une minute. Je vais chercher l'autre.

Le dos contre le mur, je me laisse glisser à terre. J'aime ce mouvement, doux, agréable, si lent qu'il pourrait donner l'impression de ne jamais finir. Une chute paisible, contrôlée.

Assise par terre, sur le parquet, j'attends. Tout est calme en moi. Je crois, cette fois, que je n'ai pas peur de découvrir le second tableau. Je bois quelques gorgées de vin. Je me sens bien.

L'homme revient. Je reste à terre. La toile qu'il porte est plus petite que la précédente : un mètre sur deux, peut-être. Il déplace la première sur le côté et pose celle-ci en face de moi. Avant de reculer pour me laisser entrevoir le tableau, il me regarde droit dans les yeux et prononce :

– C'est elle qui avait tenu à nous peindre tous les deux. C'est une toile qui date de septembre 1980.

Je n'ai pas le temps de me préparer au choc : il fait un mouvement de côté pour se dégager. Le tableau apparaît devant mes yeux.

Deux visages en gros plan, comme on le dirait d'une photographie. Mes yeux fixent aussitôt le visage de la femme et, à partir de cet instant, ils ne peuvent plus s'en détacher, comme si le visage les avait happés, attrapés, et qu'autour, soudain, plus rien d'autre n'existait. Il n'y a plus que lui, ce visage que je ne connais pas, ce visage qui me regarde et fait trembler le mien, ce visage qui me paraît de plus en plus proche, comme s'il se précipitait sur moi, prêt à éclater, ce visage qui me sourit, qui ne sait rien de l'épouvante que cela représente, pour moi, de le découvrir, je ne sais pas à quoi il ressemble, il ne ressemble à rien de ce que je connais, les cheveux sont noirs, mi-longs, détachés sur les épaules, les traits sont fins, je crois que c'est une femme qui appartient à ce genre de femmes que l'on dit belles, je ne pourrais pas la décrire, je vois un front, des sourcils, des yeux, une bouche, un menton, mais tout est détaché, tout est détaché, comme si l'ensemble ne formait pas un vrai visage, comme s'il manquait encore quelque chose, il est pourtant là, devant moi, il ne me rappelle rien, et je crois que c'est ça le plus incompréhensible, le plus terrible, il ne me rappelle rien, alors que cette femme, là, sous mes yeux, qui me sourit avec douceur, cette femme est ma mère.

J'aimerais me tourner vers l'homme et lui dire : « À la maison, il n'y avait pas de photos de ma mère. J'avais oublié son visage. Je le revois aujourd'hui pour la première fois. »

Je ne peux pas me tourner. Je ne peux pas

parler. Au visage de ma mère qui devient flou et mouvant, je comprends que je suis en train de pleurer.

Combien de temps sommes-nous restés ainsi, sans rien nous dire ? J'entends soudain sa voix, elle me parvient de très loin, comme d'une autre rive :

– Je n'avais pas revu ces tableaux depuis des années. La dernière fois, ce devait être il y a dix ans. Ça avait été trop difficile. Je m'étais juré de ne plus les regarder. Je suis heureux de les revoir avec vous.

Puis, je sens son visage se tourner vers moi, nous sommes proches, quelques centimètres à peine nous séparent, lui est resté debout, moi à terre, sa tête sur moi plongeante, il me regarde longuement puis murmure :

– Je ne sais pas si on vous l'a déjà dit. C'est fou ce que vous lui ressemblez.

Après, je ne sais plus très bien. Après, il y a eu me semble-t-il une musique, un air de jazz, et des paroles que l'homme prononçait de sa voix douce, et moi qui hochais la tête, sans bien comprendre ce qu'il me disait, car, dans ma tête, c'étaient des images qui n'en finissaient pas de s'entrechoquer, je revoyais mon père interrompant un geste, une action, une phrase, et restant en arrêt sur moi, sans rien dire, dans une effrayante immobilité, le regard fixe, dur, presque violent, un regard qui me faisait peur, combien de fois cela est-il arrivé, combien de fois, à la maison, dans un café, dans la rue, cela durait quelques secondes, une éternité, à mon tour je me figeais, le sang ne coulait plus dans mon corps, je ne comprenais pas ce qui se passait, et ne pas comprendre me faisait honte, oui, j'avais honte de moi, cela durait, cela durait, jusqu'à ce que, enfin, après un battement de paupières mon père détourne le visage et reprenne le geste, l'action, la phrase en cours, comme si rien ne s'était passé, et je restais là, tremblante, les joues en feu, incapable de penser, m'efforçant simplement de continuer, moi aussi, de continuer, pour ne pas tomber.

Comment n'ai-je jamais deviné que parfois mon père, en me regardant, revoyait ma mère ?

Je suis dans un taxi : l'homme n'a pas voulu que je rentre à pied. Il a dit que Paris, la nuit, est une ville parfois dangereuse. J'ai dû le regarder en souriant car il a précisé, dans un sourire lui aussi : « Je vois que vous ne me prenez pas au sérieux. C'est bien. Vous êtes jeune, je ne le suis plus, vous avez le droit de vous moquer, de me prendre pour un vieux schnock, mais en attendant, je préférerais que vous preniez un taxi, autrement, je me connais, je risque de me faire du souci. »

Puis il a ajouté, dans un souffle : « Vous êtes si jeune, Alice. Je vous envie un peu, bien sûr. Qui n'a pas envie de retrouver ça, la vie devant soi ? Moi, ma jeunesse est passée. Je crois que je le sais un peu plus en vous regardant. »

La tête me tourne : ce doit être le vin. Nous en avons bu encore un peu dans son salon, loin des toiles, que soudain je n'ai plus pu regarder, je me suis levée, brusquement, il a compris, cela m'a émue, il m'a proposé un autre verre, j'ai dit oui, nous nous sommes assis l'un en face de l'autre, lui dans un fauteuil, moi sur un canapé en velours gris, peu à peu je me suis apaisée.

Ses paroles me reviennent lentement, comme une caresse qu'on ne peut oublier, une caresse bouleversante, je le regardais me parler, je songeais qu'il était beau, que c'était un homme dont on pouvait tomber amoureuse, je pensais à ma mère, à son sourire heureux sur le tableau, je pensais qu'elle aussi avait dû le regarder et sentir son cœur se serrer, avant qu'il ne la prenne dans ses bras, puisqu'elle avait sans doute d'abord pensé qu'elle n'avait pas le droit d'aimer cet homme, qu'il ne le fallait pas, que c'était un amour auquel elle devait renoncer, ses paroles, presque murmurées, me parvenaient, sans que je sache à qui elles étaient destinées, si c'était à lui ou à moi, et je pensais que je ne connaissais pas l'âge de cet homme, qu'il avait probablement au moins vingt ans de plus que moi, et que le temps qui avait passé sur son visage, sur son corps, me bouleversait. Je songeais que j'étais si proche de lui, quelques centimètres à peine, il aurait suffi de tendre une main pour effleurer sa joue, lui, l'homme que ma mère avait aimé, qui avait fait l'amour à ma mère dont je ne me souviens pas, lui, ce corps, ces mains, cette bouche, il y a vingt-cinq ans, je chassais les images, leurs deux corps ensemble, je chassais les images, mais elles revenaient, obsédantes, pendant que l'homme continuait à me parler, j'entendais ce qu'il me disait, la douceur de ma mère, sa beauté, ses longs yeux verts, les cigarettes qu'elle n'en finissait pas de griller, ses rires soudains, sa gourmandise, la peinture, leurs expos ensemble, j'entendais et j'imaginais la nudité de son corps, les caresses, les baisers, je buvais encore un peu de vin, j'avais envie que l'homme me prenne dans ses bras.

Le taxi me demande s'il peut me déposer là, « Parce qu'après, madame, la rue est barrée. » Je lui réponds oui, cela me fait plaisir de marcher un moment.

La nuit est tiède. Les rues sont désertes, les immeubles endormis. Aucun bruit nulle part. C'est à se demander si la ville est encore vivante, ou si elle a été engloutie dans un sommeil de Belle au bois dormant. Je pense encore au long silence qu'il y a eu soudain, lorsqu'il a eu fini de parler et qu'il a murmuré : « Vous voyez, je vous en ai raconté, des choses. » Je n'ai rien répondu, j'ai simplement hoché la tête en le regardant, et nos regards se sont accrochés l'un à l'autre, longtemps. J'ai pensé, et cette pensée était heureuse et irréelle comme certains rêves, que les silences ne sont pas toujours des impuissances : ils peuvent ressembler à un baiser.

Puis, après un long moment, il m'a demandé quel tableau j'avais envie de prendre. J'ai répondu, sans hésiter : le premier. Je n'aurais pas pu supporter d'avoir chez moi le sourire de ma mère que je ne savais pas reconnaître. Je préférais rapporter le bleu vaste, apaisé et éclatant de la mer.

Je pousse la porte de mon immeuble. J'allume la lumière. Je monte les trois étages.

C'est moi qui me suis levée en premier. Je lui ai dit qu'il fallait que je rentre. Il s'est levé à son tour. Il m'a expliqué que je ne pouvais pas emporter le tableau ce soir, il risquait de prendre un coup ou de s'abîmer si on ne le protégeait pas, de toute façon il était trop grand pour entrer dans une voiture normale. Il a ajouté, plus vite : « Je m'en occupe demain matin, j'ai tout ce qu'il faut dans mon atelier, puis je vous appelle. Vous n'êtes pas obligée de venir le chercher, je peux le faire déposer chez vous. » Je lui ai dit que je le remerciais.

Ensuite, je ne sais pourquoi, ni comment, la question est arrivée comme ça, imprévue, évidente aussi, je lui ai demandé s'il vivait seul. Il n'a pas répondu tout de suite, j'ai cru qu'il ne m'avait pas entendue, je me suis même demandé si j'avais bien prononcé la phrase ou si elle était restée en moi, étouffée. Ce n'est qu'au moment où il a posé la main sur la porte que j'ai entendu sa réponse, claire, précise : « Oui, je vis seul depuis quatre ans. Un an après la mort de votre mère, j'ai rencontré une autre femme. Nous sommes restés ensemble vingt ans. » Un bref instant puis sa voix, plus basse : « Nous nous sommes aimés. Je ne sais pas si je fais bien de vous le dire... Mais oui, je crois que je fais bien : j'ai aimé deux femmes dans ma vie : votre mère, et cette autre femme. Lorsque votre mère est morte, j'ai pensé que tout prenait fin. Que la vie ne valait plus la peine d'être vécue. Pendant un an, Blandine m'avait accompagné à chaque instant, dans mes pensées, dans mes rêves. Elle et moi, ça avait été une passion. Et puis, une semaine est passée ; puis deux, puis trois. Puis un an... J'étais toujours là. Un soir, j'ai rencontré une femme lors d'un dîner. J'ai eu envie de la revoir. Ça a été aussi simple que cela : j'ai eu envie de la revoir. Le passé ne s'annulait pas, le présent s'ajoutait au passé. Et un matin, en me réveillant à côté de cette femme, j'ai compris que je l'aimais. »

Je suis chez moi. Il fait très chaud : j'ai oublié de laisser les fenêtres entrouvertes en partant. Je mets de la musique : les *Rêves d'amour* de Liszt. Mon père n'aimait pas : je les lui avais fait écouter chez moi, une après-midi glacée d'hiver où j'avais tout à coup eu envie de partager quelque chose d'intime avec lui. Il avait écouté le début et s'était soudain levé, martelant d'une voix tranchante : « Arrête ça s'il te plaît, je n'aime pas du tout, arrête ça. » Étonnée par tant d'emportement, je lui avais demandé pourquoi, il avait simplement répondu, sans me regarder, d'un ton qui ne souffrait aucune discussion : « Ça me donne le bourdon, c'est tout. »

Lui qui aimait tant Schubert, ses mélodies tristes et romantiques, les *Rêves d'amour* l'effrayaient. J'avais aussitôt changé le disque puis je m'étais dit, dans un éclair, que ma mère, peut-être, elle aussi, aimait les *Rêves d'amour*. Ça avait été une pensée heureuse.

J'ouvre la fenêtre de ma chambre. Le souffle tiède de la nuit me parvient par bouffées. Ça sent bon, une odeur de jasmin, douce et entêtante. La voix de l'homme continue à résonner en moi, une vague lente et caressante. Un murmure familier. Je me penche à la fenêtre pour mieux respirer le jasmin. Si ma mère a aimé cet homme, que je connais à peine mais dont je me sens si proche, alors oui, je crois que je sais un peu mieux quelle femme elle a été. Je ne reconnais pas son visage, je ne reconnais pas son sourire, mais je me reconnais en elle. N'est-ce pas finalement ce que je cherchais ?

Je me retourne. Je jette un coup d'œil sur les murs blancs de la pièce. Bientôt le tableau de ma mère sera accroché là, quelque part. J'essaie d'imaginer : une aussi grande toile dans cette toute petite pièce... Ça n'ira pas du tout. Je ris, doucement, puis hausse les épaules : cela n'a pas d'importance. Vraiment, cela n'a pas d'importance.

J'ai écrit longtemps. Je crois que je vais bientôt finir le livre. L'histoire que je raconte n'est pas la mienne, mais il s'agit pourtant de moi : celle qui court dans le livre ressemble à celle qui court dans la vie. C'est la même quête, ce sont les mêmes questions, qui restent sans réponse, obsédantes, ouvertes, nécessaires. Écrire, c'est s'approcher au plus près de certaines brûlures. J'ai su que le livre parvenait à son terme, parce que je me suis retrouvée.

Je pense que mon père aurait été fier. Peut-être m'aurait-il dit, avec un léger sourire, comme à son habitude, en regardant ailleurs, de sa voix cassée : « Tu vois, tu n'as pas écrit un livre pour enfants. C'est donc bien moi qui avais raison. » J'aurais fait mine de hausser les épaules. Je n'aurais rien répondu. Je ne lui aurais pas avoué le bonheur que j'ai éprouvé à écrire ce livre. J'aurais eu envie de l'embrasser.

Je lui aurais donné mon livre.

Il est deux heures du matin : cette nuit encore, je ne vais pas beaucoup dormir. L'écriture à la place du sommeil. Le rêve les yeux ouverts plutôt que fermés. Le sommeil, c'est l'oubli. L'écriture, c'est la plongée vers ce qui a été oublié. Je me demande si mon livre ressemble au tableau de la mer, ou au double portrait de ma mère et de l'homme qu'elle a aimé. Je ne sais pas. Je crois qu'il y a un peu des deux.

Je pose le cahier bleu sur la table : je le relirai demain. Je me lève. Je ferme les volets. Je laisse la fenêtre entrouverte. Je me déshabille. Je marche jusqu'au lit. Je me couche. Avant de m'endormir, j'ai une dernière pensée, floue et éblouissante comme le sont certaines pensées au bord du sommeil : le bonheur, c'est de se savoir appartenir au royaume des vivants, et d'en éprouver les innombrables frémissements.

Mon père a été enterré trois jours après sa mort. Il n'y avait qu'une vingtaine de personnes à l'église et au cimetière. Pour la plupart, d'anciennes relations de travail que je n'avais jamais vues. Le prêtre ne le connaissait pas : depuis la mort de ma mère, mon père n'avait pas mis les pieds dans une église. Pourtant, c'était lui, dix jours avant la fin, qui m'avait confié son désir d'une brève cérémonie religieuse : « Surtout pas de messe, juste un moment de prières, sans musique », avait-il précisé. Le lendemain de sa mort, j'avais appelé la paroisse la plus proche. Un prêtre s'était aussitôt déplacé. Jeune, d'un naturel affable, il s'exprimait d'une voix ferme, posée : la mort ne semblait pas l'intimider. Je lui avais fait part des dernières volontés de mon père. Il avait hoché la tête puis m'avait demandé s'il vivait seul. Je m'apprêtais à lui répondre que ma mère était morte depuis très longtemps mais, au moment où je commençais cette phrase pourtant familière, devenue un automatisme, des mots que j'articulais depuis l'enfance sans réfléchir et auxquels je croyais m'être habituée, le son s'était brusquement étranglé dans ma gorge et je m'étais sentie incapable d'aller au bout de la phrase, soudain épuisée, comme si un poids immense s'était abattu sur mes épaules, ma nuque, mon dos. Puis une douleur dans la poitrine, vive, aiguë, dans un éclair j'avais pensé que j'allais m'effondrer, là, devant ce prêtre que je ne connaissais pas et qui me regardait en souriant tranquillement, comme si nous étions en train de deviser de cuisine, ou de vacances, et qui ne s'apercevait pas de mon malaise, je m'étais lentement laissée tomber dans un fauteuil, près du corps de mon père, et j'avais achevé, dans un souffle, ma phrase. Il y avait eu un instant de silence, le prêtre continuait à me regarder, souriant encore, et je m'étais sentie seule, immensément seule, comme si je comprenais enfin, de manière très claire, très simple, ce que signifiait n'avoir plus ni père ni mère : le vide autour de soi, le vide devant soi, loin devant.

Puis, alors que j'étais toujours recroquevillée dans ce fauteuil dans lequel je me sentais minuscule, le fauteuil de mon père, large et imposant, celui que je lui avais toujours connu et dans lequel il s'asseyait pour travailler, et que je tentais de reprendre mon souffle, la douleur dans la poitrine s'estompant peu à peu, j'avais entendu le prêtre me demander : « Comme je n'ai jamais rencontré votre père, pourriez-vous, s'il vous plaît, en quelques mots, me parler de lui, afin que je puisse comprendre quel genre de personne c'était ? »

La question me réveille en sursaut, *Pourriez-vous, s'il vous plaît, en quelques mots, me parler de votre père ?* Il y a neuf jours, je n'avais rien répondu. Le prêtre n'avait pas insisté : sans doute avait-il pensé que la douleur m'empêchait de parler. Ce matin, je pense à mon père, à sa voix qui n'a jamais été claire, je me demande soudain si elle l'était lorsqu'il a rencontré ma mère, ou si depuis toujours mon père avait lutté contre je ne sais quelle impuissance à arracher les mots au silence, je revois ses yeux gris, étirés comme ceux d'un chat, je revois ses mains fines, longues et élégantes, je revois les pantalons de flanelle gris-bleu qu'il portait jusque tard dans le printemps, alors qu'il faisait déjà chaud, je revois la façon qu'il avait de marcher lentement, le dos légèrement courbé, lentement, comme si rien n'était désormais assez urgent pour qu'il faille hâter le pas, et je me demande combien de temps encore ces images vont rester nettes, limpides, avant de se déformer, puis de se brouiller, puis de s'effacer ; avant que je ne les oublie. J'aimerais les serrer contre moi, comme on serre contre soi un corps aimé, de toutes ses forces, pour le retenir. Mais je sais bien que, de la même manière qu'on ne peut retenir un amour, on ne retient rien de son passé, il s'échappe lentement, chaque jour davantage, et on ne choisit pas ce qu'on en garde : un jour, je m'apercevrai que je ne me souviens plus de la voix de mon père, un autre jour, de la précision de ses traits, un autre jour, de son odeur. Jusqu'à ce que ne subsistent que quelques images, arrachées au temps, à l'oubli, à la perte. Et même ces images, comment connaîtrai-je leur part de vérité, puisque mes rêves et mes désirs les auront sans doute déformées jusqu'à les rendre belles, belles comme je les aurais voulues lorsque mon père était en vie ?

Il n'y a pas de vérité, ni des êtres, ni du temps. Il n'y a que le présent, son éblouissement.

J'ai pleuré lorsque des gens que je ne connaissais pas, qui ne connaissaient pas mon père, ont soulevé le corps, l'ont allongé dans un cercueil en bois que j'avais choisi au hasard, la veille, sur les conseils incompréhensibles de l'entreprise de pompes funèbres, et, avec des gestes précis et méticuleux, ont refermé le cercueil. J'ai vu le visage de mon père disparaître et je me suis rappelé, comme dans un mauvais rêve, ces jeux de l'enfance, sur la plage, lorsqu'on s'amuse à enfouir un corps sous le sable et qu'on rit de le perdre peu à peu. Les hommes en noir se sont redressés, m'ont adressé un bref regard, et j'ai soudain compris cette phrase que l'on prononce parfois pour annoncer la mort de quelqu'un, et qui jusqu'alors m'avait toujours paru fausse et ridicule : « C'est fini. » C'était fini, je ne reverrais pas mon père.

Je n'ai jamais vu mon père pleurer. Qu'a-t-il éprouvé lorsque le visage de ma mère a disparu sous les planches en bois ? A-t-il pleuré ? A-t-il fermé les yeux ? A-t-il pensé, lui aussi, que c'était fini ? Mais qu'est-ce qui était fini ?

Et où étais-je, moi, dans ce fini ? Quelle est la place d'un enfant dans un mouvement qui se finit ?

Je me lève. J'ouvre la fenêtre : le ciel est gris ce matin. Je tends une main au-dehors : il fait une chaleur moite. Le vent souffle par bourrasques. C'est un temps d'orage. Depuis quand n'a-t-il pas plu ? Je ne m'en souviens pas : il a fait si beau durant toutes les longues journées où mon père était couché. Je crois que je serai heureuse d'entendre la pluie tomber.

Je me demande à quelle heure il va appeler : cette après-midi ? ce soir ? Que vais-je faire en attendant son appel ?

Ma mère attendait-elle les appels de l'homme qu'elle aimait ? Qui appelait l'autre ? À quel moment de la journée ? Comment ? Les téléphones portables n'existaient pas. On ne pouvait appeler que de chez soi, ou d'une cabine téléphonique. Peut-être s'absentait-elle quelques instants, sous le prétexte d'une course, pour passer un coup de fil de la cabine la plus proche de chez elle ? Mon père travaillait dans une entreprise. Sans doute partait-il tôt le matin et rentrait-il en fin de journée. En semaine, ma mère pouvait probablement appeler sans difficulté.

Que se disaient-ils au téléphone ? Se contentaient-ils de fixer leur prochain rendez-vous ? On se retrouve demain, à quinze heures, chez toi ? Ou bien avaient-ils besoin de se parler, longuement, d'écouter la voix de l'autre, son enchantement, ses inflexions, les rires et les non-dits, tout ce que l'autre a envie de dire et qu'il tait ? Que sont les mots par rapport aux caresses ? Sont-ils aussi nécessaires ? Sont-ils plus vrais ? moins vrais ? Qu'en reste-t-il ?

Se voyaient-ils souvent ? S'appelaient-ils plus qu'ils ne se voyaient ? À quoi a pensé ma mère lorsqu'elle a su qu'elle était malade, lorsqu'elle a compris qu'elle ne reverrait pas l'homme qu'elle aimait ? Est-ce alors qu'elle a parlé à mon père ? A-t-elle eu besoin de se délivrer du poids du secret pour mourir en paix ? Ou bien a-t-elle lutté jusque dans les derniers instants, le cœur déchiré, dans un sentiment de solitude, loin de celui qu'elle aurait voulu avoir à ses côtés ?

Quand m'a-t-elle embrassée pour la dernière fois ?

Je trouve, dans la boîte aux lettres, le dossier envoyé par Marianne. Je le feuillette rapidement : il y en a pour environ trois semaines de travail. C'est bien payé. Je commencerai à travailler demain. Aujourd'hui, je n'en ai pas envie : aujourd'hui, j'attends qu'on m'appelle. J'attends qu'on m'apporte un tableau que ma mère a peint il y a vingt-cinq ans et dont la clarté m'évoque le bonheur. J'attends de revoir un homme dont pendant des années j'ai ignoré l'existence et dont ma vie, mon histoire, mes rêves, se trouvent soudain bouleversés.

Il a appelé dans l'après-midi. La pluie commençait enfin à tomber. Le vent soufflait en rafales violentes. Avant l'appel, les heures s'étaient étirées, longues, lentes, fuyantes. J'avais écrit quelques lignes, commencé ce que je devinais être un dernier chapitre. Puis j'avais abandonné le texte, et n'avais plus rien fait d'autre qu'attendre.

Dans l'appartement, les portes s'étaient mises à claquer. J'avais fermé les fenêtres.

Le téléphone a sonné, mon cœur s'est mis à battre avec violence. J'ai pensé, et cette pensée était à la fois irréelle et mordante comme une petite douleur, que je ne me souvenais pas avoir autant attendu l'appel de quelqu'un.

Je me suis demandé, au moment de décrocher, ce qui me liait à cet homme. Et, à l'instant où sa voix grave a résonné, où il a prononcé les premiers mots, « Bonjour Alice, c'est Emmanuel

Basini, je ne vous dérange pas ? », j'ai songé que la vie, c'est un peu comme l'écriture, on ne trouve jamais ce qu'on cherche, on trouve autre chose, et c'est cette autre chose, surprenante, mystérieuse, troublante, qui en fait la beauté. Tout m'a semblé clair soudain, comme si les nappes de brouillard à travers lesquelles il me semblait courir depuis si longtemps se dissipaient enfin, et j'ai répondu, doucement : « Non, vous ne me dérangez pas, j'attendais votre appel. »

Il m'a dit que le tableau était prêt, protégé par deux épaisses couvertures de laine et du papier bulle, il avait eu du mal à trouver des couvertures suffisamment larges, lui n'avait jamais peint d'aussi grands formats, d'ailleurs depuis six mois il ne peignait plus, pas assez d'énergie, ou de désir, mais ce n'était pas un problème, ça ne lui manquait pas, pour la première fois de sa vie il pouvait se passer de peindre, peut-être vieillissait-il, il ne savait pas. Puis il m'a demandé s'il pouvait passer déposer le tableau chez moi, il avait une voiture, c'était plus simple ainsi. J'ai dit oui. J'ai voulu lui donner mon adresse. Il m'a interrompue : « Je la connais, j'ai cherché l'autre jour vos coordonnées dans l'annuaire », et j'ai essayé de l'imaginer, cherchant mon nom parmi les innombrables noms des pages blanches, tous ces noms derrière lesquels se cachaient des vies secrètes, des vies que lui et moi ne connaîtrions jamais, murmurant, du bout des lèvres, Alice Grangé, Alice Grangé, Alice Grangé, comme j'avais, quelques jours plus tôt, murmuré son nom en ouvrant l'annuaire, en me perdant dans ces mêmes noms. Et comme je me demandais ce qu'il avait ressenti lorsque mon nom était apparu sous son doigt, si cela avait ressemblé, pour lui aussi, à un instant de clarté, un espace qui s'ouvre, je l'ai entendu prononcer : « Ce n'est pas loin de chez moi, dans vingt minutes je suis chez vous. » J'ai répondu : « Je vous attends. »

Pendant que je l'attendais, je me suis demandé si c'était la dernière fois que je le voyais. J'ai essayé de me souvenir de tout ce qu'il m'avait révélé hier soir sur ma mère, chaque détail et les intonations de sa voix pour me les rapporter. C'était très peu, sur une feuille de papier cela ne dépasserait pas trois lignes, mais ce très peu m'avait rendu ma mère. Le mouvement bleu, flou, incertain, fantasmagorique, s'était transformé en une réalité : un corps, des gestes, des paroles, aujourd'hui disparus, mais qui, de manière certaine, avaient existé. Ma mère n'était pas un rêve. D'elle, il restait même des tableaux.

Et moi, Alice, je lui ressemblais.

Alors, j'ai songé que ce que j'avais tant cherché, depuis trente ans, et qui avait rendu ma vie semblable à une course sans fin, une course qui ne m'emportait nulle part, qui en était presque immobile, la même question revenant sans cesse, comme une douleur lancinante que rien ne pouvait apaiser, ce que j'avais tant cherché s'incarnait enfin. Ce n'était pas grand-chose, mais n'est-ce pas toujours ainsi, on croit courir après de grandes vérités, dont les noms sonnent comme des réalités majestueuses, impressionnantes, inaccessibles, et ce qu'on trouve, au bout de la course, est étonnamment fragile, petit, simple. Et pourtant cela suffit, soudain, à illuminer une vie.

J'ai pensé qu'il aurait peut-être envie de boire quelque chose, j'ai préparé du café, ouvert un paquet de gâteaux, et je me suis rappelé la dernière fois que mon père était passé chez moi. C'était au début du mois de juin, il était déjà très fatigué mais il avait eu l'air heureux de me voir. Il faisait un temps splendide et, malgré la chaleur, il avait eu envie de boire du thé. Je lui avais servi un thé à l'orange que j'avais acheté pendant l'hiver. Il s'était assis près de la fenêtre entrouverte, il portait une chemise bleu pâle que je ne lui connaissais pas et qui donnait à son visage une douceur singulière. Il avait bu le thé puis fermé les yeux. Je l'avais entendu murmurer, avec contentement : « C'est un très bon choix. » Il m'avait fallu plusieurs secondes pour comprendre qu'il parlait de la variété de thé.

En me remémorant la scène aujourd'hui, je me demande s'il n'avait pas souri en prononçant cette phrase. Oui, je crois qu'il avait souri.

Au moment de disposer les gâteaux sur une assiette, j'ai entendu les premiers grondements du tonnerre. La pluie a redoublé de violence. J'ai ouvert la fenêtre et je me suis penchée au-dehors : l'air s'était soudain rafraîchi. En quelques secondes, mes cheveux, mon visage, mon cou ont été trempés. J'ai regardé quelques instants la pluie tomber et j'ai pensé que c'était un spectacle magnifique, cet orage d'été que l'on n'attendait plus.

Il est là : debout, dans mon appartement, à quelques pas de moi, vêtu d'un imperméable beige mouillé par la pluie. Il pose le tableau contre le mur puis se retourne vers moi, souriant :

– Heureusement, j'avais bien protégé la toile. Quel déluge… Je me suis garé au pied de votre immeuble.

Il pivote sur lui-même, jette un coup d'œil circulaire autour de lui. Je murmure :

– C'est petit chez moi.

Il ne répond pas : il s'est penché vers la toile et l'observe avec attention. Je m'approche :

– Qu'y a-t-il ?

– Rien. Je regardais… Lorsqu'on regarde un tableau dans un autre espace que celui dans lequel on l'a toujours connu, on le voit différemment. On ne perçoit pas les mêmes choses.

J'ai envie de lui demander ce qui a changé. Je

ne lui demande rien. Nous restons silencieux un moment. J'ose à peine regarder le tableau : le savoir chez moi, pour moi, me procure une émotion presque insoutenable. J'ai peur d'être dans un rêve : j'ai peur de me réveiller et que le tableau ne soit plus là. J'ai peur que l'homme, lui aussi, soit un rêve. C'est idiot, bien sûr. Je m'en veux. Les larmes me montent aux yeux. Je détourne le visage.

Il prononce, d'un ton songeur :

– Enfin, c'est peut-être tout simplement parce que je sais que je ne le verrai plus. Savoir qu'on regarde pour la dernière fois une chose qu'on a aimée rend cette chose unique, d'une tristesse et d'une beauté infinies.

Ma gorge se serre. Je le regarde penser à ma mère. Ses yeux brillent. Je le trouve beau. Que préférait ma mère dans ce visage ? Les yeux ? La bouche ? Qu'aimait-elle embrasser en premier ? Il ne bouge pas. À quoi songe-t-il précisément ? À un moment heureux ? J'aimerais qu'il songe à un moment heureux.

Je ne dis rien. J'attends. Je le regarde penser à ma mère et il me semble que nous sommes tous les trois enfin réunis, lui, ma mère et moi, rassemblés dans quelque chose qui n'est ni un instant, ni un espace, quelque chose qui n'appartient pas à ce monde-là, une échappée improbable, quelque chose qui ressemble à la beauté fulgurante de certains rêves.

Ma mère est loin. Ma mère est proche. Je ne sais pas où je suis. Je ne sais pas où est cet homme. Et je me rappelle, comme venant de très loin, un murmure oublié, une question de la petite Louise, soudain grave, un jour où je jouais avec elle : « Alice, est-ce que la vie c'est une histoire ? »

Il ne veut pas de café. Il ne veut pas de gâteaux. Un jus d'orange, oui, c'est une bonne idée, il fait si lourd. Il enlève son imperméable, s'assied dans l'unique fauteuil que j'ai chez moi. C'est à cette place que s'asseyait toujours mon père. Je verse le jus d'orange dans le verre pour dissimuler mon trouble. À nouveau, il regarde autour de lui. Puis ses yeux se posent sur moi. Ils me sourient.

– Quand allez-vous l'accrocher ?

– Je ne sais pas. Ce soir, peut-être. Quand vous serez parti.

– Vous croyez que vous allez y arriver ? Vous allez peut-être vous faire aider ?

Je le dévisage, amusée :

– Êtes-vous en train de me demander si je vis seule ?

Une fraction de seconde, une expression juvénile passe dans son regard. J'ai l'impression de découvrir son visage d'enfant. Puis j'entends son rire éclater, chaud, sonore. À mon tour, je me laisse entraîner. Tous les deux nous rions de bon cœur, comme si nous nous connaissions depuis longtemps. C'est bon de rire ainsi, avec lui. Tout est léger soudain.

Il reprend, avec douceur :

– Je ne sais pas si je m'en étais rendu compte, mais oui, je suppose que c'est ce que je voulais vous demander.

Le rouge me monte brusquement aux joues. Je baisse la tête. Pour me donner une contenance, je bois une gorgée de jus d'orange puis je prononce, sans le regarder :

– Oui, je vis seule.

Je sens son regard sur moi, pénétrant. Je n'ose pas lever les yeux. Je songe alors que tout pourrait s'arrêter maintenant : l'homme pourrait se lever, s'en aller. Ce ne serait pas grave. Plus rien ne serait grave : ma vie s'est ouverte. Je repense à ses paroles, hier soir, aux deux femmes qu'il a aimées. Je pense qu'il a eu de la chance. Je pense que j'aimerais, un jour, rencontrer quelqu'un et l'aimer. Je pense que la vie est merveilleuse, inattendue.

Puis j'entends sa voix, plus sourde :

– Votre mère s'était mariée à vingt ans. Vous

lui ressemblez, mais vous êtes très différente aussi.

Puis, plus bas encore, d'une voix presque chuchotée :

– Je suis heureux de vous avoir rencontrée, Alice.

Il pleut à verse. Le tonnerre gronde. De la fenêtre j'aperçois les éclairs, sauvages, lumineux.

Est-ce que la vie est une histoire ? La vie se nourrit de rêves, les rêves nourrissent la vie. Quel est le premier rêve, quel est le dernier rêve ? L'homme se penche, reprend son imperméable, il ne le met pas tout de suite, il reste debout sans bouger, je le regarde à travers mes yeux entrouverts, comme cet homme est beau, je pense à ma mère, je me demande jusqu'où mènent les rêves, jusqu'à quelle folie, jusqu'à quelle clarté, mes rêves me mèneront-ils un jour à l'amour, l'amour est-il le plus beau des rêves ?

Je sens sa main sur mon épaule. Je tressaille.

– Merci pour le jus de fruits, Alice. Je vais y aller maintenant. Il pleut un peu moins, je crois.

Sa main demeure encore quelques instants sur moi. Sa chaleur se diffuse lentement dans mon corps. J'aimerais que cet instant dure longtemps. Est-ce un rêve, ou la main de l'homme me serre plus fort ? Je ferme les yeux. Je ne sais pas où je m'en vais. Je ne connais pas. Puis, il la retire. Le rêve s'efface. N'en reste que la douceur. Nous nous levons en même temps. Il se tient debout face à moi, immobile. Je l'entends murmurer :

– C'est étrange, une vie... Jamais je n'aurais pensé que je vous rencontrerais un jour. Jusqu'à l'autre soir, je croyais que mon histoire avec votre mère avait pris fin le jour de sa disparition. Il me restait les souvenirs, bien sûr... Mais je n'avais pas envie de repenser à tout ça, à tout ce que nous avions vécu... C'était trop violent, trop douloureux... Je pensais : à quoi bon me laisser de nouveau emporter par l'émotion ? À quoi bon, si c'est pour me faire du mal ? Et puis, j'avais refait ma vie, comme on dit... Je pensais que la vie d'avant s'était refermée, que je n'y reviendrais plus. Et je vous rencontre, vingt-cinq ans plus tard... Rien ne finit jamais. Il suffit de peu de chose pour que le passé redevienne vivant. Le temps n'est pas linéaire. Depuis l'autre soir, Alice, je ne cesse de penser à votre mère, à ce que nous avons été l'un pour l'autre, à cet amour fou, et penser à tout ça n'est pas violent, c'est même d'une douceur merveilleuse, je n'ai pas envie de pleurer, je suis heureux de me remémorer tous ces instants de bonheur. Peut-être parce que vous êtes là, devant moi, vivante, et que je sais encore mieux, grâce à vous, que la vie continue, la vie continue…

Il s'interrompt quelques instants. Il tourne lentement son visage vers moi. Je n'ose pas bouger. Je plonge dans son regard. Ce sera notre étreinte, muette, longue, apaisée.

Puis il reprend :

– Cette question que vous m'avez posée, le premier soir… Comme si vous vouliez traquer la vérité. Mais quelle vérité, Alice ? Il n'y a pas de vérité. Vous m'avez demandé qui était votre mère, je ne peux pas vous dire qui elle était, alors que je l'ai follement aimée, désirée, tenue dans mes bras un nombre incalculable de fois, embrassée, écoutée, entendue rire, pleurer, sentie mourir. Il n'y a pas de vérité. Tout nous échappe sans cesse, même les êtres qu'on aime. Mais reste la certitude que certains moments ont été ce qu'on appelle le bonheur.

Je hoche la tête doucement, pour lui signifier que je comprends. Son visage s'éclaire soudain : il me sourit.

– Allez, j'y vais maintenant, la pluie s'est bien calmée.

Au moment d'ouvrir la porte, il se retourne, dans un élan, et prend mon visage entre ses mains. Il me regarde, longtemps, son souffle sur moi, tiède, je tremble, il m'attire contre lui, me serre dans ses bras. Je sens son odeur, un mélange de parfum, de cigarette, de chaleur. Je ferme les yeux.

Les livres ne se finissent pas : le mouvement qui les a fait naître, qui les a fait battre, ne s'achève pas. Les vies non plus.

J'ai écrit la dernière page cette nuit. Je ne sais pas à quoi ressemble le livre, d'autres le sauront pour moi. Il me semble avoir accompli quelque chose. J'en suis heureuse. Je crois qu'Hannah sera fière de moi, comme mon père l'aurait été s'il était encore vivant.

Je me souviens d'un soir d'hiver, je devais avoir dix-neuf ans, j'habitais encore chez lui. Je regardais un film, mon père était plongé dans la lecture d'un livre. À la fin de la soirée, je l'avais vu reposer le livre puis demeurer un long moment sans bouger. Je m'étais retournée et j'avais entraperçu ses yeux qui brillaient, comme si les larmes étaient très proches. C'était la première fois que je surprenais mon père envahi par l'émotion. J'avais eu la sensation poignante que mon vrai père se tenait enfin devant moi, celui que j'aimais par-delà les mots, par-delà les silences, celui que j'avais peut-être connu il y a très longtemps, avant que ma mère ne disparaisse. J'avais aussitôt détourné les yeux, effrayée à l'idée que nos regards puissent se croiser. Je n'ai pas oublié cet instant où mon père, m'apparaissant vulnérable, m'avait semblé profondément humain, plus proche que jamais. Pendant des années, je me suis demandé quel était le livre qui avait réussi le prodige de mettre mon père à nu, de l'amener au bord des larmes, au bord de l'abandon, alors que moi, son enfant, qui vivais avec lui depuis presque vingt ans, je n'en avais jamais été capable. C'est ce soir-là que j'ai compris que les livres étaient une des expressions les plus fortes, les plus troublantes et les plus vraies de la vie.

Le jour va bientôt se lever. J'ai un peu froid : ce doit être la fatigue, le manque de sommeil, l'énergie retombée des dernières lignes d'écriture. Je ferme les volets, je me déshabille. Avant de me coucher, je regarde une dernière fois le tableau. Est-ce parce que c'est la nuit, et que la nuit les choses se teintent d'un éclat particulier, devenant mouvantes, irréelles et pourtant proches, attirantes ? Est-ce parce que, la nuit, le monde des rêves et celui de la réalité se frôlent et s'entrelacent, se fondent l'un dans l'autre ? Le tableau me procure une incroyable sensation de douceur : j'ai l'impression que ma mère est là. Comme lorsque j'étais une toute petite enfant, elle veillera sur moi pendant mon sommeil.

Je me glisse sous le drap. Avant de fermer les yeux, je songe que dans un mois ce sera déjà la fin août, j'aurai terminé le travail de traduction, je pourrai partir quelques jours au bord de la mer, en Italie peut-être, ou en Grèce, profiter des dernières chaudes et longues journées d'un été qui s'achève. Nager dans la mer, longtemps, sentir mon corps léger, heureux, puis m'allonger sur les rochers, dans la splendeur d'un paysage immobile et vivant, éternel. Oui, je crois que j'en aurai très envie.

Demain, j'appellerai Hannah. Je serai heureuse d'entendre sa voix. Je serai heureuse qu'elle me parle de Jean et de Louise, qu'elle me rapporte leurs questions, graves et légères, leurs numéros de clowns. Je ne lui raconterai pas ce qui s'est passé : comment le pourrais-je ? Je crois que moi-même, je ne sais pas vraiment ce qui est arrivé. Mais je lui dirai que quelque chose a changé, que ma vie s'est ouverte. Je lui dirai que mon père aimait les orages, que toute petite je me souviens m'être blottie contre lui certains soirs où il pleuvait à verse, et que ces souvenirs demeurent parmi les plus beaux qu'il me reste de lui et moi. Je lui dirai que j'en ai fini de chercher ma mère, qu'elle repose enfin au creux de moi, et que ce creux n'est plus un vide. Je lui enverrai mon livre et je lui proposerai de venir voir le tableau. Il n'y aura pas besoin de mots : elle comprendra.

Je crois que le sommeil est en train de venir, mes paupières se font lourdes, je n'ai pas envie de lutter, comme c'est bon, le corps qui tombe, je crois que je souris, je n'ai plus froid, le drap est doux, je me sens bien. Est-ce déjà un rêve, je m'appelle Alice Grangé, j'ai trente ans, et la vie devant moi m'apparaît vaste et immense, éblouissante, un paysage de neige dans lequel je vais pouvoir marcher, longtemps, longtemps. On n'en a pas fini d'aimer.

Du même auteur :

COMME UN PÈRE, *roman, Arléa, 2002.*

LE JUGEMENT DE LÉA, *roman, Arléa, 2004, prix du roman des libraires Leclerc.*

PUISQUE RIEN NE DURE, *roman, Stock, 2006, prix Alain-Fournier ; prix Prince Maurice du roman d'amour.*

RÊVE D'AMOUR, *roman, Stock 2008.*

Composition réalisée par IGS-CP

Achevé d'imprimer en décembre 2008, en France sur Presse Offset par
Maury-Imprimeur - 45330 Malesherbes
N° d'imprimeur : 142868
Dépôt légal 1re publication : janvier 2009
LIBRAIRIE GÉNÉRALE FRANÇAISE - 31, rue de Fleurus - 75278 Paris Cedex 06

31/2613/3